천마님, 부활하셨도다

천마님, 부활하셨도다 4

정영교 新무협 판타지 소설

초판 1쇄 찍은 날 § 2017년 4월 7일
초판 1쇄 펴낸 날 § 2017년 4월 14일

지은이 § 정영교
펴낸이 § 서경석

편집책임 § 이지연

펴낸곳 § 도서출판 청어람
등록번호 § 제387-1999-000006호
등록일자 § 1999. 5. 31
어람번호 § 제2-2703호

주소 § 경기도 부천시 부일로 483번길 40 서경B/D 3F (우) 14640
전화 § 032-656-4452 팩스 § 032-656-4453
http://www.chungeoram.com
E-mail § chungeorambook@daum.net

ISBN 979-11-04-91266-5 04810
ISBN 979-11-04-91193-4 (세트)

사마님, 부활하셨도다

정영교 新무협 판타지 소설

FANTASTIC ORIENTAL HEROES

4

도서출판 청어람

천마님, 부활하셨도다

目次

25장

위기의 궁가 마을下

열 보 밀려난 천마는 신중하게 적을 탐색했다.

만년한철로 만들어진 운암검을 가졌지만, 상대는 화경의 고수였다.

월등한 내공과 자유로운 운기의 흐름만으로도 충분히 위협적이었다.

'흥, 기세가 꺾이지 않았군.'

반면 흉터의 중년인은 압도적인 공력을 보였음에도 신중한 태도를 보이는 천마에게 의외성을 느꼈다.

화경의 고수가 뿜어대는 공력의 기세는 여느 무림인들이 감당하기 힘들다.

그럼에도 불구하고 자신의 허점을 찾으려는 눈빛이 예사롭지 않았다.

'이놈, 그러고 보니 눈이?'

분노에 휩싸여서 미처 의식하지 못했던 흉터의 중년인이었다.

천마의 동공은 그와 마찬가지로 피처럼 붉은빛을 띠고 있었다.

차이가 있다면 붉은 안광이 선명한 그와 달리 천마는 의식하고 바라보지 않으면 알아보기 힘들었다.

'그럴 리가… 내가 모르는 부활 의식을 거친 자가 있었나?'

붉은 동공이 상징하는 바는 단 하나였다.

죽은 자가 부활 의식을 거쳤을 때 생기는 증거였다.

'그러기에는 동공의 색이 옅기는 한데…….'

스슥!

어느새 천마의 신형이 그의 지척으로 다가왔다.

운암검의 검세가 수십의 잔영을 만들어내며 중년인을 뒤덮어왔다.

가볍게 대응하려 했던 중년인의 눈이 커졌다.

'무슨 검초가 이렇게…….'

빨랐다.

화경의 고수인 자신에게 필적할 정도의 쾌속함.

이게 정말로 초절정의 고수인가 하는 생각이 들 정도였다.

까가가가가가강!

흉터의 중년인이 마찬가지로 쾌속한 초식을 펼쳤다.

검과 검이 부딪치며 귀가 찢어질 것 같은 쇳소리가 사방으로 울려 퍼졌다.

어느새 중년인의 검은 붉은 강기가 발현해 있었다.

'역시 내기의 흐름이 원활하군.'

화경의 경지에 오르면 기를 끌어 올리는 것이 숨을 쉬는 것처럼 자연스러워진다.

기보다 한 단계 높은 강기를 형성하는 것도 그런 이유에서다.

찌릿찌릿!

'큭, 역시인가!'

천마의 안색이 좋지 않았다.

운암검이 강기가 실린 검의 기를 흡수하고 있었지만, 완전하지 않았다.

검을 타고 오는 강기의 여파에 검병을 잡은 천마의 손이 찢겨져서 피가 흘러나왔다.

"하핫! 보검을 쥔다고 승산이 있어 보였나!"

검을 쥔 손이 미세하게 떨리는 것을 바로 알아챈 흉터의 중

녀인이었다.

초식이야 뛰어난다고 한들, 강한 내력으로 밀어붙여서 곧장 승부를 내야겠다고 판단했다.

"아아……."

털썩!

마을의 입구 광장까지 부상당한 몸을 이끌고 나온 단설영은 바닥에 주저앉고 말았다.

뿔피리 소리에 단 장로가 아직 살아 있을지도 모른다는 희망을 가졌었다.

그런데 저 괴물 같은 자가 이곳까지 습격했다는 것은 뻔했다.

"단 장로… 흐흑."

그녀가 서글프게 눈물을 흘렸다.

그런 그녀의 존재를 당황스러운 눈빛으로 바라보는 남자가 있었다.

마을의 외곽에서 현천검의 모작을 주조하고 있던 궁회원이었다.

"어, 어째서 그녀가 이곳에?"

놀랍게도 궁회원은 그녀를 알고 있는 눈치였다.

단가 마을에 있어야 할 그녀가 이곳 궁가 마을에 있다니 이해가 가지 않았다.

그러나 어느새 궁회원은 슬퍼하는 그녀의 모습에 안타까워하고 있었다.

콰콰콰쾅!

그때 붉은 강기가 뻗어나가며 마을을 가로질렀다.

붉은 강기의 여파에 마을의 집들은 순식간에 반으로 두 동강이 나거나, 쑥대밭이 되고 말았다.

"끄아아악! 내 다리!"

미처 강기의 여파를 피하지 못한 대장장이 중 한 명이 다리를 잃었다.

강기에 스친 다리는 흔적도 없이 사라져 있었다.

"물러들 나게! 어서!"

마을 사람들이 양대 고수의 싸움의 여파를 견디기엔 벅찼다.

궁백원의 외침에 마을 사람들은 우왕좌왕 뒤로 물러났지만, 그들의 표정은 어리둥절했다.

절망에 찬 목소리로 한 대장장이가 소리 질렀다.

"대, 대체 어디로 피하라는 겁니까!"

물러날 데가 없는 것이었다.

마을을 반 토막 내버리는 붉은 강기이다.

진법 밖으로 벗어나야 안전할 텐데, 저들이 입구에서 격한 대결을 펼치는 탓에 도망갈 틈조차 없었다.

말 그대로 진퇴양난이었다.

'제기랄, 거의 폭주 수준이군.'

천마는 내공을 아낌없이 쏟아붓는 흉터의 중년인에게 욕이 나왔다.

십 초식 이상을 검을 섞어본 흉터의 중년인이 갑자기 십 성 공력을 끌어 올린 것이었다.

전 내공을 사용한 화경 고수의 위력은 상상을 초월했다.

"작작해라! 다 부술 생각이냐?"

"허튼소리!"

흉터의 중년인이 공력에 여지를 남기지 않는 이유가 있었다.

불과 십여 초식에 불과했지만, 천마는 마치 자신의 초식을 겪어본 것처럼 쉽게 대응했다.

반면 자신은 천마의 변화무쌍한 초식을 막기 급급했다.

'이놈… 검을 귀신같이 다루는구나!'

초식에 군더더기가 없다.

같은 화경의 경지에 충분한 내력만 받쳐준다면 오히려 삼십 초식에서 사십 초식 내에 자신이 제압당했을지도 모른다.

기분이 나빠진 흉터의 중년인이 더욱 내력을 끌어 올렸다.

"빌어먹을 자식! 죽어랏!"

흉터의 중년인이 붉은 강기가 실린 패도적인 검초를 날렸다.

그러나 천마는 이것을 정면으로 받지 않고, 교묘하게 흘려보냈다.

이는 만년한철로 만든 보검, 운암검이기에 가능했다.

콰콰콰콰쾅!

교묘한 검초에 흘려진 붉은 강기는 천마의 뒤쪽으로 뻗어나가 멀쩡히 있던 다른 집들을 가르고 지나갔다. 마을 사람들만 울상이 되고 있었다.

'강기를 상대로 이화접목이라니! 괴물 같은 놈!'

이화접목(移花接木).

상대의 힘을 이용해, 다른 상대를 공격하는 이치이다.

무공에 뛰어난 고수들조차도 이것을 행하기 힘들다.

다른 상대를 공격하기 위한 것은 아니었지만, 천마는 흉터의 중년인의 붉은 강기를 흘려서 그 피해를 분산시키고 있었다.

"핫! 네놈이야말로 마을이 부서지든 말든 신경 쓰지 않는구나!"

중년인의 말대로 그 흘려보낸 강기가 마을을 부수고 있었다.

하지만 천마의 입장에서는 강기를 흘리지 않는다면 그 자신이 위험했다.

"알 바 없다."

천마는 궁가 마을의 안위에 애초부터 관심이 없었다.

그저 의원이 있는 방향으로만 강기의 피해가 가지 않도록 신경 쓸 뿐이었다.

냉정한 천마의 태도에 흉터의 중년인은 의아해했다.

'제 놈을 도와준 북해의 일족을 저버리다니. 의외로 냉정한 녀석이군.'

"하나, 네놈이 언제까지 버틸 수 있을까! 흐압!"

흉터의 중년인이 패도적인 기세로 검을 휘두르자, 붉은 강기의 검세가 파도처럼 일어나며 천마를 뒤덮었다.

'젠장!'

넓은 검세는 아무리 검의 고수인 천마라도 힘을 분산시킬 수 없었다.

흉터의 중년인은 다소 격앙되어 있었지만, 전투에 있어서는 냉정하게 판단하고 있었다.

채채채채챙!

천마가 파도 같은 검세를 막기 위해 운암검으로 촘촘히 검망을 일으켰다.

침착하게 검세를 막아냈지만, 그것을 밀치고 들어오는 공력에 천마의 몸이 공중으로 떠올랐다.

흉터의 중년인의 내공은 가히 절정이라 할 수 있었다.

"큭!"

천마의 입에서 선혈이 솟구쳤다.

운암검으로 막을 수 있는 수준을 넘어선 것이었다.

"하하하핫! 끝내주마!"

천마가 허공으로 피를 뿜으며 떠오르자, 조마조마하게 지켜보던 마을 사람들의 안색이 급격하게 어두워졌다.

저자가 유일한 희망이었는데, 이대로 끝나는 건가 절망스러웠다.

그때였다.

오싹!

'뭐지?'

마지막 일격을 날리려던 흉터의 중년인의 얼굴이 싸늘하게 굳어졌다.

믿기 힘들 정도의 살기가 천마의 몸에서 뿜어져 나왔다.

마치 한순간, 서 있는 공간이 어둠으로 물드는 착각마저 들었다.

털썩!

오한이 들 정도의 강렬한 살기에 급기야 마을 사람들의 일부가 거품을 물고 쓰러졌다.

'이… 이게 인간의 몸에서 나올 수 있는 살기인가?'

궁백원이 두렵다는 눈빛으로 천마를 바라보았다.

살기가 짙어지자, 천마의 칙칙하게 붉은 동공이 어느새 강렬한 핏빛 안광을 내뿜고 있었다.

"네… 네놈?"

방금 전까지만 하더라도 확신하지 못했던 흉터의 중년인이 경악했다.

분명 죽은 자가 부활해야 나올 수 있는 그런 안광이었다.

"역시 네놈, 부활자가… 헛?"

고오오오오!

천마가 검을 왼손에 쥐고, 오른손 주먹을 뻗자 거대한 권강이 형성되더니 흉터의 중년인을 향해 쇄도했다.

갑작스러운 강기에 놀란 흉터의 중년인이 붉은 검강을 일으켜 막았지만, 하체가 허벅지까지 땅으로 꺼져들고 말았다.

"강기? 이… 이게 무슨 말도 안 되는……."

화경의 경지에 오르지도 않은 자가 강기를 일으켰다.

놀라움이 가시기도 전에 어느새 천마의 신형이 지척으로 다가와 있었다.

천마가 권을 뻗자 태산과 같은 기세의 권강이 일어났다.

"젠장!"

흉터의 중년인이 재빨리 검강을 일으켜 그것을 막아냈다.

'오른손만 비정상적으로 공력이 집약되어 있어?'

오른손의 권강.

그것은 천마의 비장의 수였다.

짧은 시간밖에 단련할 시간이 없었던 천마는 현경의 경지에 이른 북호투황의 오른팔만으로 강기를 쓸 수 있다는 것을 깨달았다.

천마는 한 달 동안 북호투황의 오른팔 기맥의 운기법을 알아냈고, 그로 인해 북호투황과 흡사한 권강을 다룰 수 있게 되었다.

'역시 내공이 부족하군. 고작 해야 열 초식 이내.'

그 열 초식이면 충분이 반전을 꾀할 수 있다.

흉터의 중년인이 발바닥의 용천혈(湧泉血)로 내공을 보내자, 지면에 허벅지까지 박혀 있던 신형이 위로 튀어 올랐다.

그 순간을 놓치지 않고 천마가 권강을 날렸다.

"젠장!"

흉터의 중년인이 검강을 휘두르며 그것을 막아냈지만 뒤로 튕겨져 나갔다.

허공에 뜬 상태로 강기를 막아낸 탓이었다.

"놓칠 것 같으냐."

그런 그에게로 천마가 다시 오른손으로 운암검을 쥐더니, 검초를 날렸다.

아무리 수세에 몰린 흉터의 중년인이었지만, 화경의 고수답게 여유롭게 검초를 막아냈다.

하지만 문제는 검초가 아니었다.

쾅!

"큭!"

검초를 막아냈다 싶으면 권강이 이어졌다.

비상식적인 위력의 권강이었다.

공중으로 솟구친 흉터의 중년인은 위기감을 느꼈다.

'벗어나야 해!'

흉터의 중년인은 자신이 가진 절기 중 가장 패도적인 검초를 펼쳤다.

십 성 공력의 오패혈검(五敗血劍).

붉은 강기가 다섯 갈래로 갈라져 천마의 다섯 요혈로 향해 쇄도했다.

"멍청하긴!"

천마의 신형이 뭔가에 억눌린 것처럼 빠르게 바닥으로 내려갔다.

그 탓에 붉은 강기는 애꿎은 마을의 집들을 파괴하고 말았다.

만약에 검기로 초식을 펼쳤다면 제어할 수 있었겠지만, 공중에서 십 성 공력의 검강을 제어하는 것은 무리였다.

천마가 서 있는 땅바닥이 움푹 들어가 있었다.

"천근추?"

천근추로 무게 중심을 증가시킨 것이었다.

이런 식으로 천근추를 쓰리라고는 상상조차 못 해본 흉터의 중년인이었다.

'이놈은 무공을 쓰는 발상 자체가 다르다.'

"쿨럭!"

신형이 땅에 닿자마자 흉터의 중년인은 피가 섞인 기침을 했다.

그 모습을 본 천마의 눈에 이채가 띠었다.

이것은 천마와의 접전으로 생긴 내상이 아니었다.

'내상을 입었군. 역시인가?'

접전을 벌이면서 흉터의 중년인이 생각보다 대결을 서두르는 걸 알 수 있었다.

처음에는 감정적이라고 생각했지만, 실상은 아니었다.

'무리한 내공의 운용이 내상을 더 번지게 했군.'

천마의 예상대로 흉터의 중년인은 이미 내상을 입은 상태였다.

단지 그 내상을 심후한 내력으로 억누르고 있었다.

'망할 노파 같으니.'

흉터의 중년인이 숨을 내쉴 때마다 하얀 입김이 새어 나왔다.

억눌러 놓은 내상이 오장육부로 스며들었는지, 차가운 기운이 몸을 잠식하고 있었다.

그것은 설한신공에 당한 흔적이었다.

아무리 화경의 고수였지만, 본신진기마저 끌어낸 단 장로의 동귀어진의 수를 완벽히 막을 수 없었다.

'저놈의 정체를 알아내야 하는데…….'

내상이 발목을 잡을 줄은 몰랐던 그였다.

아쉬운 마음에 거칠게 쏘아붙이며 말했다.

"빌어먹을, 운이 좋구나."

흉터의 중년인은 더 이상의 승부가 위험하다고 판단했다.

하지만 천마는 이 기회를 놓칠 수야 없었다.

"도망갈 생각 따윈 버려라!"

천마의 신형이 흉터의 중년인을 향해 쇄도했다.

흉터의 중년인이 비릿한 미소를 흘리더니, 땅바닥을 향해 검을 내리꽂았다.

그 순간 검에서 붉은빛이 스며들더니, 땅바닥이 파헤쳐지며 기가 실린 바닥의 파편들이 사방으로 퍼져 나갔다.

"칫!"

카카카카캉!

천마가 급하게 운암검으로 검망을 치며 그것을 막아냈다.

덕분에 사방이 흙먼지로 뿌옇게 가려졌다.

천마가 장결을 일으켜 앞을 가리는 흙먼지를 가라앉혔을 때는 이미 중년인의 모습이 사라진 직후였다.

"…도망갔군."

"와아아아아아아!"

나지막한 천마의 목소리와 함께 궁가 마을 사람들은 마을이 떠나가라 환호성을 질렀다.

비록 마을이 파손되었지만 위험한 적이 물러난 것에 대한 기쁨의 환호성이었다.

반면 대성사인 궁백원을 비롯한 대장로의 표정은 어둡기 그지없었다.

'아아, 위험한 적을 놓쳐 버렸구나.'

궁가 마을의 진법의 비밀을 알아낸 적이 도망쳐 버렸다.

26장

궁희원

"풋!"

여환단에 중독되어 내내 창백한 얼굴이었던 궁백원이 한 움큼의 핏덩어리를 뱉어냈다.

그것을 뱉어내자 하얗던 얼굴이 어느새 혈색을 찾아가기 시작했다.

궁백원이 운기조식을 시작했다.

아무리 운기를 해도 흩어지던 내공이 다시 단전을 순환하며 온몸을 돌았다.

"아아!"

오랜만에 몸을 순환하는 내공에 짜릿함을 느낀 궁백원의 얼굴이 한층 밝아졌다.

여환단의 독이 완전히 해독된 것이었다.

궁백원의 옆에서 열심히 운기를 하고 있는 대장로의 모습이 보였다.

대장로 역시도 혈색이 돌아와 열심히 운기를 박차하고 있었다.

먼저 운기조식을 마친 궁백원이 자리를 털고 일어났다.

"역시 빠르군."

"누구 덕분에 말일세."

뻑뻑!

그의 앞에는 다리를 꼬고 의자에 앉아 곰방대를 피우고 있는 천마가 있었다.

그들이 운기조식을 마칠 동안 천마가 자리를 지켜줬다.

엄밀히 얘기한다면 병 주고 약을 주는 격이었지만 해독약을 준 것은 부정할 수 없다.

"원하는 게 뭔가?"

"없어. 단지 내 일행인 계집의 치료만 신경 써주면 될 뿐."

천마의 말에 궁백원이 의아한 표정을 짓더니 조심스럽게 물었다.

"…현천검을 원하는 것이 아닌가?"

"흥, 어차피 그 검은 내 것이다."

천마의 완고한 말에 궁백원이 졌다는 듯이 한숨을 푹 내쉬었다.

그의 말대로 어차피 그 검은 주인이 없었다.

단지 문제는 그것이 아니었다.

"자네가 하는 말을 이해할 수 없으나, 그 검은 궁가나 단가에게 있어서도 중요하네."

만년한철로 만들어진 현천검은 악한 기운을 끊는 맥의 중심부에 있다.

그것을 억지로 꺼내려 한다면 다시 이 마을들에는 악습이 순환될 것이다.

"어이, 대성사. 말은 바로 하지. 어차피 그 검이 버틸 수 있는 한계는 지났다. 궁가에서 현천검의 모작을 주조했던 것도 그 때문이 아니냐?"

"…허허, 자네는 정말 사람을 놀라게 하는 재주가 남다르군."

정곡을 찌르는 말에 궁백원은 헛웃음이 나왔다.

그 말이 정답이었다.

궁가에서 현천검을 주조하려 했던 것은 부러져 가는 원래의 현천검을 대체하기 위해서이다.

천 년이라는 긴 세월 동안 악한 기운의 맥을 끊고 있던 현천검의 수명이 다 되어가고 있었다.

아무리 만년한철로 만들어진 절세보검이더라도 오래 버틴 것이었다.

"하나 그것은 포기했네. 만년한철도 없거니와, 부끄럽게도 본 대성사는 조사님의 실력에 못 미치네."

궁백원 역시도 검을 주조해 보기 위해 갖은 노력을 했다.

하지만 아무리 해도 방법이 없었다.

"사람의 목숨보다 그 검이 중요한 가보군."

"그 검이라니……."

"모른 척 넘기지 마라. 운암검으로도 대체할 수 있지 않느냐."

"그… 그건……."

궁백원이 얼굴이 붉어졌다.

천마의 말대로 운암검 역시도 만년한철로 만들어진 보검이기에 대체가 가능했다.

하지만 이것은 일 대 대성사로부터 내려온 궁가의 보물이자 대성사의 상징이었다.

"인간의 욕심이란 끝이 없는 법이지. 갖은 핑계를 대더라도 말이야."

한마디 한마디가 가슴을 쿡쿡 찔러댔다.

궁백원은 수치스러운지 천마와 눈을 마주하지 못했다.

"궁가의 운암검, 단가의 빙월검 중 하나만 포기해도 될 텐데. 네놈들이 생각하는 것이야 뻔하지. 쯧쯧, 네놈 북해 족속들은 예나 지금이나 다를 바가 없구나."

천마는 대성사를 비웃었다. 아니, 이곳 궁가를 비롯한 단가의 일족들을 비웃었다.

같은 시각, 마을의 의원 마당 뜰.

슬픈 눈빛에 잠겨, 한 사내를 바라보는 아름다운 은발의 여자가 있었다.

그녀는 단가의 단설영이었다.

단설영은 눈앞에 서 있는 중년의 남자를 바라보며 무슨 말을 해야 할지 몰랐다.

그것은 중년의 남자, 궁회원 역시도 마찬가지였다.

한참 동안 말없이 서로를 바라보던 그들 중 궁회원이 먼저 운을 뗐다.

"어쩌다 그렇게 다친 거요?"

"…당신이 상관할 바가 아니잖아요."

찬바람이 몰아치는 것 얼굴로 단설영이 매몰차게 말했다.

이런 그녀의 차가운 반응에 가슴이 먹먹해지는 궁회원이었다.

"내가… 내가 단 소저를 얼마나 걱정하는지 알고 있잖소?"

"걱정이라고요? 하아."

그녀는 눈시울을 붉히며 원망스럽다는 듯이 궁회원을 노려보았다.

"그러신 분이 그렇게 쉽게 포기할 수 있는 건가요?"

"포… 포기하다니? 그게 무슨 말이오?"

궁회원은 영문을 모르겠다는 표정을 지으며 물었다.

그는 여태껏 그녀를 포기한 적이 없었다.

그렇기에 마을에서 포기한 현천검의 모작 주조 역시도 쉬지 않고 행했던 것이다.

"…대종사께 들었어요."

"듣다니? 그게 무슨?"

"…정말 너무하시는군요. 검을 주조하는 것이 불가능하니, 인신 공양을 행하자고 결정내린 것을 당신만 모르신다고 할 참인가요?"

"인신 공양? 그, 그건……."

놀란 그의 눈이 커졌다.

마을에서 검을 주조하는 작업을 포기한 사실은 궁회원 역시도 알고 있었다.

하지만 대성사에게 자신만은 검을 끝까지 주조하겠다는 사실을 피력했다.

물론 대성사는 그 말에 큰 기대를 하진 않았다.

"하나 단 소저, 나는 절대로 소저를……."

"됐어요! 단 장로의 말대로 역시 궁가의 사람을 믿은 제가 멍청했지요."

뭐라고 변명이라도 하고 싶었지만, 그녀는 단호했다.

궁회원은 쓰린 가슴을 붙잡고 그녀를 불렀다.

"…단 소저."

"피곤합니다. 돌아가세요."

상심한 궁회원은 고개를 떨어뜨리며 힘없이 의원을 벗어났다.

그런 그의 뒷모습을 바라보며 단설영의 뺨으로 눈물이 흘러내렸다.

그의 모습이 사라지자, 그녀는 작은 목소리로 중얼거렸다.

"…이렇게라도 안 하면 당신은 기를 쓰고 막으려고 하겠죠."

알 수 없는 말을 흘린 그녀는 다시 의원의 병실로 들어갔다.

병실에 들어온 그녀의 눈에 이채가 띠었다.

언제부터 있었는지 모르겠으나, 모용월야가 손톱을 물어뜯으며 중얼거리고 있었다.

"칫, 귀찮아."

'응? 이자가 왜 여기에 있는 거지?'

병실을 같이 쓰다 보니, 병문안 차 방문했던 모용월야를 기억해 냈다.

그런데 모용월야의 눈빛이 자신을 경계하고 있었다.

의아해하던 그녀가 그 뒤를 보면서 수긍했다.

"아……."

"쉿!"

모용월야의 뒤편 침상에 가부좌를 한 채, 눈을 감고 있는 설유라가 보였다.

식은땀을 흘리면서 운기조식을 하는 그녀의 몸에서 희미한 선기가 흘러나왔다.

모용월야는 뭔가 귀찮은 표정을 하면서도 그녀를 지키기 위한 호법을 서고 있었다.

'아… 운기 중이었구나.'

설유라는 천마의 조언을 받아들여 선천공을 운기하고 있었다.

신선이 되기 위한 신공이라 불리는 선천공은 천마의 현천신공의 회복력에 버금간다.

식은땀을 흘리고 있었지만, 설유라의 안색이 많이 편안해졌다.

"운기 중이니 나가주시죠."

까득!

손톱을 물어뜯으며 말하는 모용월야의 모습은 뭔가 소름

이 돌았다.

“네? 나가라고요?”

“나가라고 말했을 텐데.”

모용월야의 단호한 답에 순간 당황하고 말았다.

“아무리 북해인이라고 해도 무림인의 기본 법도는 알 텐데.”

운기 도중에 호법을 서는 사람이 아니면 자리를 피해주는 것이 무림의 법도이다.

결국 그녀는 모용월야의 등쌀에 울상이 되어 밖으로 나가야만 했다.

자신도 환자인데, 병실에서 쫓겨나고 만 단설영이다.

*　　　　*　　　　*

궁가의 마을에서 동쪽으로 얼마 떨어지지 않은 숲.

숲으로 들어갈수록 차가운 한기로 바닥을 비롯해 나무 기둥들이 하얗게 얼어 있었다.

두둑! 푸스스!

앙상하게 얼은 나뭇가지들이 바닥으로 떨어져 부서졌다.

한기가 몰아치는 그 중심부에는 가부좌를 틀고 앉아 하얀 입김을 뿜으며 운기조식을 취하고 있는 흉터의 중년인이 자리하고 있었다.

내상을 치료하기 위해 부단히 노력했지만, 오장육부로 침투한 설한신공의 여파는 쉽사리 몰아낼 수가 없었다.

"쿨럭, 제기랄!"

거친 욕을 내뱉는 그의 입가로 피가 흘러내렸다.

무리해서 공력을 끌어 올린 것이 내상을 크게 번지게 만들었다.

"이곳에 있었군."

스륵!

숲에서 그림자처럼 누군가가 나타났다.

검은 죽립의 복면인이었다.

"내상이 심하긴 한가 보군. 자네가 내 기척을 감지하지 못하다니."

"크윽!"

그 말에 흉터의 중년인의 얼굴이 일그러졌다.

자존심이 상했는지 아무 말도 하지 않고 운기에 집중했다.

운기에 집중하자 흉터의 중년인의 몸에서 더 세차게 한기가 흘러나왔다.

"도와주겠네!"

"내게 그런 도움 따윈 필요 없네!"

"쓸데없는 자존심은!"

탁!

거절하려는 흉터의 중년인의 등으로 검은 죽립의 복면인이 손을 가져다댔다.

웅대한 내공이 흘러들어 오며 흉터의 중년인이 운기를 박차하도록 도움을 주었다.

"지독한 한기로군!"

손을 타고 느껴지는 한기에 복면인의 눈에 이채가 띠었다.

'세외 양대 신공이라고 할 만해.'

북해의 설한신공은 중원인들에게 있어서 서역의 합마공과 더불어 세외 양대 신공이라 불린다.

흉터의 중년인이 곤란해할 만도 했다.

"흐읍!"

복면인이 공력을 더욱 끌어 올렸다.

흉터의 중년인을 잡아먹을 기세의 한기의 기세가 수그러들기 시작했다.

복면인을 비롯한 흉터의 중년인의 몸에서 붉은빛이 흘러나오며 사이한 기운이 숲 전체를 잠식했다.

몇 시진 정도가 지나자, 주위를 얼게 했던 한기가 완전히 가셨다.

흉터의 중년인의 얼굴에 홍조가 감도는 것만 보아도 설한신공의 기운을 완전히 내보낸 듯했다.

"쓸데없이 낭비하는 시간을 없애기 위한 것이오."

흉터의 중년인의 성격을 잘 아는 복면인이 선수를 쳤다.

미처 화를 내려던 흉터의 중년인이 입술을 실룩이다 고개를 획 돌렸다.

"다른 임무가 있다고 들었는데?"

"추적을 하다가 꽤나 재미있는 것을 발견했소."

"재미있는 것? 흥!"

복면인의 말에도 흉터의 중년인이 퉁명스럽게 되물었다.

그도 그럴 것이 흉터의 중년인의 관심은 단 하나였다.

'그놈을 찢어죽일 것이야.'

화경에조차 이르지 못한 실력으로 자신을 위기로 몰았던 그 남자.

천마에게 복수할 생각밖에 들지 않았다.

'그런데 그러고 보니 그놈 눈이…….'

붉은 안광을 내뿜는 동공은 부활 의식을 갖춘 자를 의미했다.

몸을 어느 정도 추스르고 나니 문득 떠올랐다.

'우리가 모르는 부활자가 있다는 게 말이 되나? 대체 그놈은 누구지?'

흉터의 중년인은 이 사실을 복면인에게 말을 할까 하다 입을 다물었다.

이것은 대계에 있어서 차질을 빚을 수 있는 중요한 사항이었다.

'제길, 이를 어쩌지.'

만약에 부활자에 대해서 알게 된다면 분명 진상을 파악할 때까지 건들지 못할 것이 뻔했다.

잠시 고민하던 중년인은 마음에 결정을 내렸다.

어차피 조직에서도 모르는 부활자라면 깨끗이 죽여 버린다면 아무런 문제가 없으리라.

"내 말 듣고 있는 건가?"

"크흠, 듣고 있네. 뭘 재미있는 것을 찾았다는 거지?"

그의 질문에 복면인이 의미심장한 눈빛으로 뭔가를 말했다.

이에 흉터의 중년인의 눈이 커졌다.

한편, 슬픔에 잠겨 있던 궁회원의 발걸음은 어느새 대성사의 거처로 향해 있었다.

대나무 숲에 자리하고 있는 대성사의 집에는 선객이 존재했다.

'이자는?'

그는 바로 천마였다.

분명 늦은 밤에 자신의 작업장으로 찾아왔던 그 외부인이었다.

잠시 눈이 갔지만 개의치 않고 궁회원은 궁백원에게로 발걸음을 옮겼다.

마찬가지로 천마와 대성사 궁백원의 시선은 갑작스럽게 거처로 나타난 궁회원에게로 향했다.

'흠, 모작을 만들던 그 장인이로군. 한데…….'

천마의 눈에 이채가 띠었다.

궁회원의 상기된 얼굴만 보더라도 얼마큼 감정이 격해졌는지 알 수 있었다.

그런 그의 앞을 해독 운기를 마친 대장로가 막아섰다.

"아직 대성사께서 손님과 대화 중이십니다."

놀랍게도 대장로의 태도는 공손했다.

고개를 숙여 궁회원에게 인사하는 모습부터 말투까지 윗사람을 대하는 듯했다.

'단순히 장인이 아니었나?'

그저 마을의 일개 장인으로 알고 있었는데, 아니었나 보다.

궁회원은 자연스럽게 대장로를 향해 눈을 내리깔며 말했다.

"대장로는 물러서시오. 나와 대성사의 문제입니다."

"하나 도련님……."

"비켜주게."

"대성사?"

궁백원의 허락에 대장로가 눈썹을 찡그리더니, 궁회원의 앞에서 옆으로 물러섰다.

대장로를 지나 궁회원이 궁백원의 바로 앞에 다가오더니 그의 멱살을 잡고 흔들었다.

"왜! 왜 그런 것이오! 나와 기다려 주기로 약조했잖소!"

분노와 슬픔이 섞인 목소리였다.

멱살이 잡힌 궁백원은 눈살을 찌푸리더니 이를 뿌리쳤다.

"큭!"

털썩!

대성사보다도 공력이 얕은 궁회원은 힘없이 바닥에 넘어졌다.

바닥에 넘어져서도 그를 노려보는 궁회원에게로 궁백원이 냉정한 목소리로 말했다.

"어리석은 아우야, 대의를 위해서 소를 희생하는 것이야말로 마을을 이끌어가는 장으로서의 소임임을 모르겠느냐."

궁회원, 그는 궁가 마을의 대성사 궁백원의 친아우였다.

* * *

전대 궁가의 대성사 궁양원에게는 세 명의 자식이 있었다.

첫째 궁백원과 둘째 궁현원, 셋째 궁회원이었다.

한데 셋 중에 가장 뛰어난 장인이었던 궁현원은 자유에 대한 갈망이 컸다.

그로 인해 차기 대성사의 자리를 박차고 마을을 나가 버렸다.

궁현원이 마을을 나가고, 차기 대성사의 자리를 두고 고민을 했던 궁양원은 결정했다.

두 형제 중 가장 뛰어난 장인에게 후계를 넘겨주기로 말이다.

'이 녀석이 조금이라도 욕심이 있었다면……'

바닥에 주저앉아 있는 궁회원을 바라보는 대성사 궁백원의 눈빛이 곱지가 않았다.

주조 실력만으로는 둘째인 궁현원과 버금갈지도 모를 궁회원이다.

조금만 욕심이 있었어도 대성사의 자리는 그의 것이었을지도 몰랐다.

'뭐, 욕심을 떠나, 가져서는 안 될 연정을 가진 것이 문제였지만.'

궁회원은 단가의 여자를 사랑했다.

그것을 알게 된 전대 대성사는 크게 노했고, 차기 대성사의 자리는 궁백원에게로 돌아갔다.

무공은 뛰어났지만 주조 능력이 형편없었던 궁백원은 궁가 마을에서 인정받기까지 긴 세월을 인고해야만 했다.

'빌어먹을 그놈의 재능.'

주조 능력이 아니더라도 자신은 마을을 잘 이끌어 나갈 자신이 있었다.

궁백원은 냉정한 목소리로 그었다.

"본 성사의 소임을 다했을 뿐이다."

"그딴 것 따위 모르오! 누구를 희생시켜서 다른 사람을 살리면 무슨 의미가 있단 말이오!"

궁회원의 절규에도 불구하고 궁백원은 눈 하나 깜빡이지 않았다.

그의 생각에는 변함이 없었다.

"허어! 인신 공양이든 희생이든, 마을을 살릴 수 있다면 본 성사는 무엇이든 할 것이다!"

궁백원의 말에 천마의 눈썹이 꿈틀거렸다.

천 년 전에 없어진 악습을 답습하는 모습이 한심할 지경이었다.

결국 그가 과거에 했던 일은 무의미하게 되었을 뿐이었다.

"하아……."

천마가 한숨을 내쉬었다.

"참으로 대단하군. 마을을 생각하는 그 정성이 말이야."

"전부 이해할 거라 생각하지 않소."

"뭐, 소를 희생해서 대를 살릴 수 있다면 그렇겠지."

"그… 그렇소."

궁정에 가까운 천마의 말에 궁백원은 그가 자신을 이해했다고 여겼다.

천마 역시도 수만에 가까운 교도를 가진 수장이었다.

많은 희생 위에 이룩한 자리였다.

하지만 한 가지 다른 점이 있었다.

"하나! 나는 욕심을 그딴 희생으로 포장하진 않지."

"뭐, 뭐요?"

살심이 일어나자 천마의 오른손에 공력이 깃들었다.

천마의 기세가 바뀐 것을 알아챈 대성사가 놀라서 그를 바라보았다.

'엄청난 살기다!'

떨어져서 느꼈을 때와는 비교도 안 되는 살기의 농도였다.

대성사의 이마로 빠르게 식은땀이 맺혀갔다.

"무, 무슨 짓이오."

잔뜩 경계심이 일어난 표정이 된 대성사는 검집으로 손이 갔다.

그런 그를 향해 천마는 냉소를 비쳤다.

"흥!"

우우웅!

"어엇?"

천마가 손짓을 하자 무형의 공력이 일어나 궁회원을 일으켜 세웠다.

살심이 가득한 공력에 자신을 공격하리라 여겼던 공백원의 뺨에 식은땀이 흘러내렸다.

한 번 각인된 두려움은 쉽게 지울 수가 없었다.

"희생? 네놈의 보검을 향한 욕심이? 희생이란 말을 함부로 입에 담지 마라, 개자식아."

천마의 욕이 섞인 일침에 궁백원은 화가 났지만 아무 말도 할 수 없었다.

자신의 본심을 꿰뚫렸기 때문이었다.

"이놈은 내가 데려가겠다."

"어찌 그런! 그는 내 아우요!"

궁회원을 데려간다는 말에 궁백원이 당황한 목소리로 제지하려 했다.

아무리 탐탁해하지는 않는다고 해도 한배에서 난 형제였다.

"두 번 말하게 하지 마라."

촤아아악!

천마가 왼손 검지를 뻗자 궁백원의 앞으로 선이 그어졌다.

땅에 그어진 선에서는 날카로운 예기가 흘러나왔다.

이것은 일종의 경고였다.

"이놈은 해독단을 준 대가로 받도록 하마."

"큭!"

그를 막고 싶었지만 천마의 진정한 실력을 눈앞에서 확인했었다.

화경의 고수와 버금가는 무위를 말이다.

"따라와라."

위엄 있는 천마의 목소리에 궁회원은 저도 모르게 고개를 끄덕였다.

천마에게서 흘러나오는 살기에 압도당한 대성사와 대장로는 아무런 제지조차 할 수 없었다.

결국 천마는 궁회원을 데리고 대나무 숲을 나갔다.

그런 그들을 분한 듯이 바라보는 궁백원에게 대장로가 말했다.

"대성사, 이를 어찌한단 말입니까?"

"이제 더 이상 궁가만의 일이 아니게 되었소."

"그렇다면?"

"…단가의 대종사와 만나야겠네."

"허어."

대장로의 입에서 신음성을 흘러나왔다.

사태가 점차 걷잡을 수 없을 만큼 커져만 갔다.

한동안 조용했던 북해의 두 일족이 격변의 시기를 맞이하는 걸지도 몰랐다.

그 무렵, 의원에서는 또 하나의 소란이 벌어졌다.

귀찮음을 무릅쓰고 모용철의 당부대로 설유라를 보호하고 있던 모용월야다.

운기조식에 들어간 후로 그녀의 주변으로 맑은 선기가 응집하고 있었다.

'신비롭다.'

혈마기에 잠식되었던 후유증으로 감정이 비틀려 있는 모용월야조차도 흘러나오는 선기에 마음이 평안해졌다.

그러던 찰나에 바깥이 소란스러워졌다.

"궁가 내를 누가 멋대로 돌아다니라고 했느냐!"

"역시 단가의 계집이 아니랄까 봐 제멋대로군."

마을에 적이 침입하면서 이곳을 감시하던 인원들이 다시 돌아오게 되었다.

백색 털옷의 무사들은 마을을 마음대로 돌아다니는 단설영을 압박한 것이다.

궁가에 도움을 받은 처지였기에 단설하는 차마 화가 났지만 아무런 대응을 할 수가 없었다.

까득까득!

"왜 이렇게 시끄러워."

그때 의원의 병실에서 모용월야의 손톱을 물어뜯으며 걸어 나왔다.

단설영에게 향하던 시선이 그에게로 돌아갔다.

겉보기만으로는 왜소한 체형에 창백한 얼굴의 여자처럼 보이는 모용월야이다.

"뭐냐?"

"그 외부인 계집이군!"

"계집?"

그에게 해서는 안 될 말이었다.

모용월야의 한쪽 입꼬리가 묘하게 뒤틀려 올라갔다.

그것을 바라본 백색 털옷의 무사들은 갑자기 등골이 오싹해지는 것을 느꼈다.

그와 동시에 어느새 모용월야의 신형이 백색 털옷 무사 중 한 명의 앞으로 당도해 있었다.

푹!

"끄악!"

무사의 허벅지로 나뭇가지가 박혔다.

고통에 비명을 지르던 무사가 검을 뽑아 모용월야에게 휘둘렀다.

모용월야는 그것을 옆으로 몸을 젖혀 가볍게 피한 뒤, 검병을 향해 손날을 내려쳤다.

"크!"

그러고는 무사가 떨어뜨린 검을 발등으로 받아내 그대로 차냈다.

발등에 차인 검은 옆에 있던 다른 무사에게로 쇄도해 날아갔다.

"물러낫!"

챙!

무사들 중에 가장 무공이 높은 한 무사가 소리치며 검을 쳐냈다.

웅웅웅!

놀랍게도 그는 검을 막아냈는데, 검신을 타고 흘러오는 공력의 여파가 컸다.

검병을 쥐고 있는 무사의 손안의 살갗이 찢겨져 나가며 피가 흘러나왔다.

"무슨 계집의 공력이!"

천마에 대해서는 경각심을 가지고 있던 무사들이었지만, 그 외의 일행들을 가벼이 여겼던 그들이다.

문제는 설유라를 비롯해 모용월야는 무림에서도 손에 꼽는 인재들이었다.

궁가의 장로급 이상의 실력자들이 아니면 상대하기 힘들다.

"난 계집이 아니라고, 빌어먹을 놈들아!"

"히익!"

계집이라는 말에 눈이 돌아간 모용월야가 결국 살수를 펼쳤다.

쥐고 있던 검이 무사의 심장을 향해 파고들었다.

놀란 무사가 신형을 뒤로 날리며 피하려 했지만, 모용월야의 검도 덩달아 따라왔다.

"머, 멈춰요!"

그때 모용월야를 지켜만 보던 단설영이 다급한 목소리로 만류했다.

만약 궁가의 무사를 죽인다면 이들은 궁가 마을 전체와 대전을 펼쳐야 할 것이다.

'킥, 웃기는 소리!'

그동안 쌓여온 화가 많은 모용월야다.

이 기회에 피를 봐서라도 풀 생각이었다.

그러나.

콱!

"아악!"

누군가 검을 잡고 있던 모용월야의 손목을 강하게 움켜잡았다.

공력이 실린 상태였음에도 불구하고 그자는 너무도 쉽게 모용월야를 무력화시켰다.

검초를 제지당한 것에 화가 난 모용월야가 퇴법을 펼쳤지만, 그것마저도 쉽게 잡아내 모용월야를 바닥으로 매쳐 버렸다.

쾅! 얼마나 강한 힘이었는지 바닥이 팼다.

당한 당사자인 모용월야의 입에서는 허파에 바람이 빠지는 소리가 들려왔다.

"쯧쯧, 미친 새끼! 조용히 이곳을 지키고 있으라고 했더니. 발광을 하는구먼."

거친 말투를 내뱉는 남자의 존재에 백색 털옷의 무사들이 당황해하며 눈치를 보았다.

자신들조차 어찌하기 힘든 모용월야를 가볍게 제압했다.

'이자는?'

'우리가 어찌할 수 있는 자가 아니야.'

그는 바로 천마였다.

흉터의 중년인과의 일전으로 굉장한 무위를 보여줬던 그였다.

천마가 무사들을 바라보며 입을 뗐다.

"뭘 봐? 꺼져."

살기가 서린 경고에 두려움으로 가득 찬 백색 털옷의 무사들은 꽁지가 빠지게 의원을 벗어났다.

천마는 달아나는 무사들을 바라보며 혀를 찼다.

"아……."

멀리서 천마의 신위를 바라봤던 단설영이다.

가까이서 보게 되니 그가 내뿜는 기운에 압도당하는 느낌이었다.

단가의 대종사를 접했을 때조차도 느껴본 적이 없는 위압감에 숨이 답답해져 왔다.

'이 남자… 정말 위험해.'

그런 생각을 하는 단설영을 다행스러운 눈빛으로 바라보는 남자가 있었다.

그는 바로 궁회원이었다.

갑자기 의원으로 들어가는 천마의 신형에 당황한 궁회원은 숨어서 그녀를 지켜봤다.

혹시나 그녀가 다치지 않을까 조마조마한 마음으로 말이다.

'단 소저를 구해주다니……'

천마가 고맙게 느껴졌다.

엄밀히 얘기한다면 그녀를 구해준 것은 아니었지만, 아무 사정도 모르는 궁회원이 그것을 판단할 수 있을 리가 만무했다.

천마의 눈길은 어느새 의원 병실로 향했다.

병실 밖으로까지 느껴지는 선기의 발현에 그가 피식 웃었다.

'이제야 깨닫다니, 멍청한 계집.'

검선의 선천공에서 느껴지는 선기를 천마가 알아보지 못할 리가 없었다.

천마가 바닥에 엎어져서 분하게 자신을 쳐다보는 모용월야에게로 다가갔다.

"일어나."

"쳇."

"셋 셀 동안 일어나지 않으면 평생 일어나지 못하도록 만들어주마."

"치잇!"

효과는 빨랐다.

모용월야는 힘겨워하면서도 자리를 털고 일어났다.

물론 얼굴에는 불만이 한가득했다.

'통제가 안 될 것 같았는데. 이 남자를 따르는 건가?'

단설영은 속으로 감탄했다.

자신이 판단한 모용월야는 누군가를 따를 만한 자가 아니었다.

'아니면 두려워… 하는 건가?'

만약 천마라는 족쇄가 없었다면 이미 모용월야는 사고를 치고 남았을 것이다.

그때 모용월야의 눈이 커지며 천마를 잠시 쳐다보더니, 이윽고 고개를 끄덕였다.

'아! 전음으로 말했구나?'

단설영이 의아한 눈으로 그들을 바라보았다.

그녀의 예상이 맞은 듯했다.

뭔가를 지시받은 듯이 고개를 끄덕인 모용월야는 아픈 팔을 부여잡으며 다시 병실로 들어갔다. 물론 짜증이 잔뜩 섞인 얼굴이었다.

이를 확인한 천마는 의원을 휙 나가 버렸다.

구해준 것에 대해서 단설영이 고마움을 표하기도 전에 말이다.

"…뭐야? 꼭 없는 사람 취급이잖아."

홀로 남겨진 단설영은 의문스러운 얼굴로 천마가 가버린 방향을 바라보았다.

의원에서 몸을 추스르려 했던 그녀는 심경의 변화가 생겨났다.

'그 정체 모를 적이 부상으로 사라졌는데, 내가 이곳에 남아 있을 이유가 있을까?'

단가와 궁가가 맹약을 맺고는 있지만, 서로를 불신하고 원망한다.

지금도 천마의 도움이 아니었다면 무슨 일을 당했을지 모를 노릇이었다.

자신이 이곳에 계속 머무른다면 단가의 발목을 잡을 수도 있다는 생각이 들었다.

'마을로 돌아가야 돼.'

그녀는 탈출을 감행하기로 마음먹었다.

하지만 낮에는 지켜보는 이목이 많았기에 그녀는 밤을 기약했다.

27장

마맥이 들끓는 공동

그날 늦은 밤.

모두가 잠든 어두운 마을을 가로지르는 인영이 있었다.

달빛에 은은하게 빛나는 은발.

인영은 다름 아닌 단가의 단설영이었다.

단설영은 최대한 기척을 죽이며 은밀하게 마을의 입구로 이동했다.

낮에 종일 운기를 한 덕분에 몸이 제법 가벼워졌다.

천마가 의원에 들른 이후, 감시가 없어진 덕에 쉽게 빠져 나올 수 있었다.

'그래도 조심해야지.'

단가에서 무공이 약한 축에 속했지만, 경공이나 보법에는 자신이 있었다.

그녀는 빠른 경공으로 마을 입구에 당도했다.

'진법 숲.'

마을 입구의 숲에는 진법이 걸려 있다.

운이 좋게도 궁가의 마을 입구에 쳐진 진법은 단가 마을과 원리가 같다. 그것은 양 마을에 진법을 만들어준 장본인이 같기 때문이기도 했다.

'그때 유심히 봐두길 잘했어.'

그녀는 궁가 마을로 넘어올 때, 진법의 활로를 유심히 지켜봤다.

지금과 같이 여차할 경우를 대비해서였다.

'실수하진 않겠지?'

진법에 들어가기 전에 호흡을 가다듬은 그녀는 한 발자국 내디디려 했다.

바로 그 순간이었다.

탁!

"헉? 누… 누구… 읍읍!"

누군가 그녀의 손목을 낚아채더니, 입을 틀어막았다.

놀란 그녀가 공력을 끌어 올렸지만 소용없었다.

탁탁!

그녀의 입을 틀어막은 누군가가 혈도를 점했기 때문이었다.

겁에 질린 단설영은 들켰다는 생각에 심장이 덜컥했다.

그러나 자신을 제압한 이의 얼굴을 보는 순간 경악할 수밖에 없었다.

'외부인?'

"읍읍!"

그는 다름 아닌 천마였다.

아혈이 점해져서 말을 하지 못하면서도 뭔가를 내뱉으려는 그녀를 천마가 한심하다는 듯 고개를 절레절레 흔들었다.

그런데 그 외에도 다른 사람들이 있었다.

"이… 이게 무슨 짓입……."

"조용히 해라."

천마의 경고에 항의를 하려 했던 자가 급히 자신의 입을 틀어막았다.

그는 바로 궁회원이었다.

"나간다고 티를 내는 거냐."

혀를 차는 천마의 말에 궁회원이 안절부절못하며 어찌할 바를 몰라 했다.

자세히 살펴보니 궁회원 이외에도 설유라와 모용월야가 뒤에 자리하고 있었다.

단설영은 영문을 모르겠다는 표정으로 그들을 바라보았다.

"공교롭군. 이렇게 마주치다니 말이야."

천마의 말대로였다.

그녀와 마찬가지로 천마와 일행은 밤늦게 이목을 피해 마을을 빠져나가려 했다.

그러다 우연히 나가는 시간이 겹치게 되면서 그녀를 발견한 것이다.

"사마 공자, 그녀는 적이 아니에요."

설유라가 나서서 천마에게 말했다.

불과 낮에만 하더라도 부상으로 침대에 누워 있던 그녀였다.

그런데 지금은 거동이 불편해 보이기는 했으나 자신의 힘으로 걷고 있었다.

"그녀는 이 마을 사람이 아니기에 나가려 했을 거예요."

그녀와 의원에서 같은 병실을 쓰면서 서로에게 호감을 가지게 되었던 설유라다.

괴팍한 성정의 천마가 혹여 단설영을 해할지도 모르기에 그녀가 나섰다.

반면 천마는 다른 것을 염두에 두었다.

'단가의 계집이라… 단가의 대종사까지 나선다면 더욱 귀찮아진다.'

궁가와 마찬가지로 단가 역시도 폐쇄적일 것이 뻔했다.

이미 두 마을 간의 다툼이 있었고, 외부인에게 적의를 가지고 있다는 사실을 파악한 천마였다.

그녀가 이대로 마을로 복귀한다면, 단가 역시도 외부인을 배재한다며 천마를 방해하려 들 것이다.

"사마 공자, 그녀를 놓아주세요."

설유라가 정중한 목소리로 그에게 부탁했다.

혈도가 점해져서 긴장하고 있는 단설영도 애처로운 눈빛으로 천마를 바라보았다.

그러나.

"이 계집은 후환거리다."

"아……."

천마는 냉정하게 선을 그었다.

중상을 입은 자신을 구하기 위해 궁가 마을로 온 것을 알게 된 설유라였다.

조금은 가까워졌다고 생각했는데, 냉정하게 거절하자 내심 실망스러웠다.

바로 그 순간.

콱!

"읍읍!"

천마의 우수가 그녀의 목을 움켜쥐었다.

어찌나 그 힘이 강했는지, 순식간에 단설영의 눈에 핏줄이 터지며 붉게 물들었다.

"당신!"

설유라가 당혹스러운 표정으로 그를 쳐다보았다.

천마는 정말로 그녀를 죽일 작정이었다.

'역시 이놈은 피도 눈물도 없어.'

모용월야 역시도 내심 놀라워했다.

천마는 자신에게 방해가 된다면 손을 쓰는 데 망설임이 없었다.

털썩!

천마의 행동에 놀란 궁회원이 다급히 무릎을 꿇었다.

"뭐 하는 짓이지?"

"제… 제발 그녀를 살려주시오!"

"헛소리. 발목을 잡을 거다."

천마의 생각에는 변함이 없었다.

귀찮은 후환거리를 만들 바에는 미리 싹을 제거하는 것이 답이었다.

이에 궁회원의 눈물까지 글썽이며 만류했다.

"제, 제발 자비를 베푸시오. 내, 내가 그대를 도우려는 것도 전부 그녀 때문이란 말이오!"

"뭐?"

천마가 손에 힘을 주던 것을 멈췄다.

"무슨 소리지?"

"당신은 내게 인신 공양 의식을 하지 않도록 도와준다고 했었소."

"한데? 이 계집과 무슨 관계라는 거지?"

"그, 그 의식을 못 하도록 하려는 것은 전부 그녀를 살리기 위한 것이란 말이오!"

절실한 궁회원의 목소리에 천마의 눈에 이채가 띠었다.

원영신으로 살펴보지 않더라도, 단설영을 향한 애절한 연모의 감정이 느껴졌다.

'밤새 망치질을 했던 이유가 이 계집 때문이었나?'

궁회원이 인신 공양 의식을 막으려는 것은 오직 단 한 사람을 위해서였다.

첫 번째 인신 공양의 희생자로 거론된 자는 다름 아닌 단설영이었다.

이를 막기 위해 궁회원은 어떻게든 현천검을 대체할 모작을 주조하려 기를 썼던 것이었다.

"마, 만약 그녀를 죽인다면 당신을 돕지 않겠소!"

잠시 망설이는 천마에게 궁회원이 쐐기를 박았다.

천마가 그를 필요로 하는 이유를 잘 알기에 던지는 도박이었다.

"핫?"

이에 천마의 한쪽 눈썹이 치켜 올라갔다.

간절한 부탁이 어느새 협박으로 변모하자 기가 찬 듯했다.

탁! 털썩!

"콜록콜록!"

천마가 움켜쥐었던 손에 힘을 풀자, 바닥에 쓰러진 단설영이 힘겹게 기침을 했다.

그런 그녀를 궁회원이 조심스럽게 받쳤다.

"훙, 배짱이 두둑하군."

궁회원이 안도의 한숨을 쉬었다.

그녀를 위한 마음에 협박을 했지만 내심 겁에 잔뜩 질렸던 그였다.

안도한 궁회원이 천마에게 조심스레 물었다.

"저… 혈도를 점한 것은……."

"혈도를 풀어달라는 거냐?"

"그, 그야……."

"네놈을 믿긴 해도 그 계집을 믿을 수는 없다."

살려는 주겠으나, 이대로 풀어준다면 단가로 곧장 돌아갈 것이 뻔했다.

궁회원은 황당하단 표정으로 그를 바라보았다.

아무리 그래도 기왕 살려주기로 했으면 혈도도 풀어줘야 하는 것이 아닌가.

궁회원 역시 무공을 익힌 몸이었다.

탁타탁!

직접 혈도를 풀어보려 했으나 아무 소용이 없었다.

오히려 강한 저항력에 단설영이 고통스러운 듯 신음성을 흘렸다.

"크큭, 허튼짓하지 마라."

누구도 아닌 천마의 점혈법이다.

어지간한 내가고수가 아니고는 풀기 힘든 점혈법이었다.

대단하기는 했으나 궁회원은 황당하기 그지없었다.

"아, 아니, 혈도를 풀지 않으면 어쩌라는 겁니까?"

이에 천마가 한쪽 입꼬리를 올리며 말했다.

"네놈이 업고 따라와라."

"네? 업으라고요?"

"쯧."

모용월야가 혀를 차며 뒤에서 동병상련의 표정으로 궁회원을 쳐다보았다.

그 역시도 천마로 인해서 탈진이 될 정도로 설유라를 업고 경공을 펼쳤었다.

"검을 찾게 되면 계집의 혈도를 풀어주마."

결국 궁회원은 천마의 말대로 단설영을 업고 마을을 나가야만 했다.

그녀로 인해 흥분했었던 궁회원도 어느 정도 시간이 지나자 이성을 되찾았다.

만약 그녀를 놓아주었다면 궁가뿐만이 아니라 단가 역시도 움직일 수도 있었다.

'조금만 참아줘.'

그녀를 등에 업은 궁회원이 마음속으로 속삭였다.

마치 그것을 알아듣기라도 했는지 단설영은 가만히 그의 등에 기대 있었다.

마을을 벗어난 천마와 일행들은 거대한 호수 앞에 이르렀다.

어두운 밤하늘의 달빛과 은은한 별들을 머금은 패가이호(貝加爾湖: 바이칼호의 중국식 명칭).

이 광활한 호수는 신비하기 그지없었다.

"아름다워."

밤하늘을 담고 있는 패가이호의 장관에 설유라가 감탄했다.

"이게 호수라고?"

모용월야의 눈에는 호수라기보다 거대하고 넓은 강 같았다.

설유라와 모용월야는 궁가 마을에 들어오기 전부터 정신을 잃었기에 제대로 호수를 접하지 못했었다.

'그런데 대체 여긴 왜?'

이들은 천마가 왜 호수로 왔는지 영문조차 몰랐다.

그저 들은 거라고는 천마가 뭔가 찾을 것이 있다는 말뿐이었다.

"어디지?"

천마가 광활한 호수를 가리키며 궁회원에게 물었다.

이에 일행들은 의아한 표정이 되었다.

반면 궁회원은 상당히 놀란 얼굴이 되어서 천마에게 말했다.

"대체 당신의 정체가 뭡니까? 여긴 궁가와 단가 내에서도 수장 일족들밖에 모르는 곳인데……."

그들이 서 있는 곳은 과거에 나루터가 있던 장소였다.

천마의 짐작이 확실하다면 이곳에 분명 나루터 역시도 숨겼을 것이다.

"쓸데없는 소리는. 빨리 진법이든 뭐든 밝혀라."

천마의 보챔에 궁회원이 어쩔 수 없다는 듯이 호수 앞쪽까지 다가갔다.

호수 앞에는 그저 모래와 돌멩이뿐이었다.

궁회원은 단설영을 업은 채로 몸을 숙이더니, 바닥에 있는 몇 개의 돌멩이를 집어 들었다.

그것은 투박한 다른 돌멩이들에 비해 인위적으로 모양이

다듬어져 있었다.

궁회원이 집어 든 돌멩이를 모래가 움푹 파인 곳으로 옮겼다.

"역시."

놀랍게도 투명한 장막이 벗겨지는 것처럼 그들의 앞에 나루터가 생겨났다.

오랫동안 방치했는지 풀로 듬성듬성 뒤덮인 낡은 나루터였다.

"하아, 아무것도 없었는데?"

눈으로 보고도 믿기지 않는 현상이었다.

'진법이라는 게 이런 것까지 가능했나?'

놀란 설유라의 눈이 동그래졌다.

그녀가 알고 있는 진법이란 그저 군을 운용함에 있어서 적을 현혹시키는 술책 정도였다.

진법으로 해박한 제갈세가조차 이런 신기가 가능할지 궁금해졌다.

"그만 놀라고 따라와라."

천마의 목소리에 괜히 민망해진 그녀가 얼굴을 붉히며 나루터로 걸어갔다.

나루터에는 단 하나의 나룻배만이 남아 있었다.

"엇? 이게 왜 하나뿐이지?"

갑자기 궁회원이 인상을 쓰며 이상하다는 투로 말했다.

이에 설유라가 물었다.

"왜 그러는 거죠?"

"나, 나룻배가 분명 세 척이 있어야 하는데, 한 척뿐이오."

"확실하나?"

천마의 물음에 궁회원이 고개를 끄덕였다.

오랫동안 방치된 나루터이긴 하지만 섬 안에 잠들어 있는 검의 상태를 확인하기 위해 몇 번을 방문했던 그였다.

천마가 인상을 쓰며 패가이호에서 멀리 보이는 섬을 바라보았다.

"흥, 만만치 않군."

서둘러야 할 이유가 생겼다.

누구인지는 모르나 먼저 섬으로 나룻배를 타고 간 자들이 있다.

*　　　　*　　　　*

차가운 북쪽 대지 안의 패가이호.

그 안에는 거대한 섬이 자리하고 있다.

호수의 규모도 굉장히 거대했지만, 이 섬은 전체 면적이 약 이십사만 장을 넘을 정도로 그 광활함을 자랑한다.

단순한 섬이라고 치부하기에는 한 일대의 지역과도 같았다.

섬은 낮은 산과 들판으로 이뤄져 있었는데, 남서쪽 방향으로 갈수록 풀은커녕 황량하기만 했다.

남서쪽에 산들은 민둥산으로 단단한 흙으로 둘러싼 천연의 요새처럼 보였다.

이 섬에서 유일하게 어떠한 생명체조차 보기 힘든 곳이었다.

사뭇 죽음만이 자리할 것 같은 느낌마저 풍겨왔다.

민둥산들 사이로 둘러싼 곳에 가장 높은 민둥산이 있었는데, 이 산의 안으로 들어갈 수 있는 동굴의 입구가 자리하고 있었다.

동굴 안은 생각보다 깊숙했다.

좁은 통로를 따라 그 안으로 한참을 들어가면 동굴 안에는 거대한 공동이 있다.

공동 내는 횃불들로 환하게 밝혀져 있었다.

일렁이는 횃불들로 가득한 공동의 한가운데에는 거대한 얼음 바위가 있었다.

차가운 영기를 내뿜는 석빙(石氷)이 심상치가 않다.

"얼마 버티지 못할 것 같소."

목소리의 주인은 궁가 마을의 수장인 대성사 궁백원이었다.

거대한 석빙에 미세한 흠이 갈라져 있었고, 그 사이로 소름이 돋는 악한 기운이 새어 나오고 있었다.

"이 정도까지 진행되다니……."

궁백원의 맞은편에 서 있던 은발의 중년 여성이 심각한 표정을 지었다.

그녀의 눈은 석빙 안의 무언가를 주시하고 있었다.

횃불에 비춰진 석빙 안에는 흑색 빛깔의 검이 꽂혀 있었다.

석빙 안에 봉해졌음도 불구하고 보는 것만으로도 그 날카로운 예기가 느껴지는 절세보검이었다.

"검이 버티질 못하고 있군요."

석빙 안에 봉인된 검에는 수많은 금이 가 있었다.

만년한철조차 지맥에서 흘러나오는 악한 기운을 감당치 못한 것이었다.

애초에 인위적으로 맥을 끊은 것이기에 다시 원상태로 돌아오고 있었다.

"인신 공양 의식을 서둘러야겠어요."

"역시 대종사의 생각은 본 성사와 같구려."

은발의 중년 여성은 단가 마을을 다스리는 대종사 단가려였다.

은발에 동공마저 은빛을 띠고 있다.

그녀에게서 풍겨져 나오는 기풍은 고수의 풍모를 띠고 있었다.

세외 이 대 신공 중 하나인 설한신공을 극성으로 익힌 그녀는 명실상부 북쪽 세외의 최고수였다.

대성사 역시도 뛰어난 고수였지만, 그녀와 비교하기 힘들었다.

두 마을의 수장인 그들의 회동 장소는 바로 현천검이 봉인된 공동이었다.

"대성사, 만약 저 검이 깨져 버리면 지맥에서 터져 나오는 이 기운을 감당키 어려울 거예요."

"본 성사도 같은 생각이오."

단가려의 목소리는 심각하면서도 긴장감이 돌고 있었다.

그녀는 화경에 이른 고수였다.

고오오오오!

화경의 고수인 그녀는 기의 유동에 민감하다.

공동 전체를 고조시킬 만큼 차오른 악한 기운을 선명하게 느끼고 있었다.

'위험해. 정말 위험해.'

천 년 동안이나 고조된 이 사악한 기운이 터져 나온다면 이 일대는 감당키 힘든 시련을 맞이하게 될지도 몰랐다.

그녀의 예상대로 천 년이나 응집된 마맥의 기운은 상상을 초월했다.

그렇기에 미세하게 흘러나오는 기운만으로도 주위 일대의 초목이 생명력을 잃고, 흙모래만 남은 삭막한 민둥산이 될 정도였다.

"그러기 위해선 대종사의 도움이 필요하오. 아까 얘기했다시피 궁가는 위기에 처했소."

"엉뚱한 핑계군요. 맹약을 깨고 외부인을 들여놓은 대가를 치르면서."

맹약을 깬 궁백원에게 책임을 물으려 했던 대종사였다.

그러나 심각해진 상황으로 인해 잠시 그것을 뒤로 미룬 것뿐이었다.

"그 점에 관해서는 본 성사의 과실이라고 해두겠소."

"다시 말해두지만, 이 일이 해결되면 그냥 넘어가진 않을 겁니다."

"크흠!"

심기가 상한 궁백원이 헛기침을 해댔다.

비록 마을이 떨어지기는 했으나 뿌리가 이어진 단가와 궁가였다.

두 마을의 수장들은 위기가 닥치면 회동을 통해 의견을 나누었다.

대성사는 자신의 힘으로 감당키 힘든 적을 대종사의 힘을 빌리려는 것이었다.

'말은 그리했다만, 그래도 화경을 앞둔 고수를 제압하다니…….'

오랜만에 궁백원과 회동을 하게 된 대종사는 내심 감탄했다.

궁가에도 전해 내려오는 무공이 있으나, 엄연히 그들의 본업은 대장장이다.

세외 양대 신공 중 하나인 설한신공을 익힌 것도 아닌 대성사가 어느새 화경을 앞둔 초절정의 극에 올라 있었다.

'대단하군.'

그런 대성사를 제압한 외부인.

그자의 정체가 궁금해질 따름이었다.

그리고 그 외부인은 심지어 화경의 고수마저 쩔쩔매게 만들 정도의 검의 고수라고 한다.

'설한신공을 대성한 지 어언 십 년. 제대로 된 고수와 접촉해 본 적이 없었지.'

역대 대종사들 중에서 설한신공을 극성으로 익힌 자는 손에 꼽힌다.

그녀 역시도 무의 재능이 천부적이다.

하나 오랜 세월 동안 제대로 된 실전을 겪은 적이 없었다.

고작해야 마을 내에 있는 장로들과의 대련이 전부였다.

'목숨을 건 실전이라…….'

호승심이 피어올랐다.

그녀는 비록 실전 경험이 없었지만 스스로의 무위를 과신했다.

역대 설한신공의 대성자들은 이 무공을 대성하면 능히 적수가 없을 것이라 장담했다.

그러던 때였다.

"잠깐!"

대종사 단가려의 표정이 경계조로 변했다.

심상치 않음을 느낀 궁백원이 물었다.

"왜 그러시오?"

"누군가 있어요."

화경의 경지에 이른 그녀는 무의식적으로 사방에 기의 망을 펼쳐놓는다.

적어도 공동 전체를 아우를 정도의 망이었다.

그 기의 망을 누군가 침범한 것이었다.

"이곳에 어느 누가 침입한단 말이오?"

섬으로 들어오는 나루터뿐만이 아니라 동굴 역시도 진법에 둘러싸여 있었다.

애초에 이곳의 존재를 아는 자는 단가와 궁가를 통틀어 다섯 손가락에 꼽는다.

그 다섯 명 중 두 명이 동굴 바깥을 지키고 있었다.

궁가와 단가의 양대 대장로들이었다.

"이런……."

단가려의 얼굴에 긴장감이 감돌았다.

그녀의 기망을 침입한 자는 보통의 고수가 아니었다.

"크큭, 설한신공의 전승자답게 과연 명불허전이로군."

공동을 울려 퍼지는 힘 있는 목소리.

목소리를 듣는 순간, 궁백원과 단가려의 안색이 변했다.

목소리에 실린 진기만으로 상대의 무위를 가늠한 것이었다.

'저… 전율적인 고수다.'

궁백원은 초절정의 고수였지만, 상대의 목소리에 실린 진기만으로도 숨이 턱, 하고 막히는 느낌이었다.

분명 목소리의 주인은 화경의 경지에 오른 고수였다.

"누구시기에 모습을 감추고 있는 것입니까?"

단가려가 인상을 쓰며 목소리가 울리는 방향으로 소리쳤다.

"모습을 감춰? 크큭."

저벅저벅!

발소리가 가까워졌다.

처음부터 이자는 모습을 감출 생각 따윈 없는 듯했다.

횃불이 비치지 않는 어두운 곳에서 누군가가 공동의 한가운데로 걸어 나왔다.

"아닛?!"

궁백원의 얼굴에 경악성이 띠었다.

공동으로 나타난 정체 모를 고수는 다름 아닌 흉터의 중년인이었다.

심한 내상을 입고 사라졌던 그가 나타났으니 놀랄 만도 했다.

'쉽게 나을 내상이 아니었는데.'

아무리 화경의 고수라고 해도 내상을 이렇게 빨리 치료할 거라고 예상치 못했다.

세외 양대 신공 중 하나인 설한신공의 한기는 강렬한 양강지기를 지닌 고수가 돕지 않으면 몰아내기조차 힘들다.

그때 궁백원의 귓가로 단가려의 전음성이 들려왔다.

[아는 자인가요?]

[그… 그자요. 마을을 습격하고, 단가의 장로를 죽인……]

[뭐요? 그자는 내상을 입고 도망갔다고 하지 않았나요?]

[본 성사도 이게 어찌 된 영문인지 모르겠소. 분명한 건… 저자가 내상을 치유한 듯하오.]

내상을 입은 상태에도 압도적인 무위를 보였던 흉터의 중년인이었다.

그가 휘두른 강기로 마을이 초토화가 되었다.

그때는 여환단으로 내공을 쓸 수 없는 상태였는데, 무공을 되찾으니 더욱 확연하게 상대의 강함이 느껴졌다.

반면 단가려는 달랐다.

화아아아아!

그녀의 얼굴에 노기가 치솟더니, 사방으로 싸늘한 한기가 퍼져 나갔다.

단지 설한신공을 운기했을 뿐인데, 그 여파는 상상을 초월했다.

"크!"

옆에 무방비로 있던 궁백원이 한기에 소름이 끼칠 정도였다.

"호오? 이런 한기라니!"

입김마저도 얼어버릴 정도의 한기였다.

공동 전체로 퍼지는 싸늘한 한기에 흉터의 중년인은 흥분으로 가득 찼다.

눈앞에 있는 여자는 장로들처럼 설한신공의 일부만 익힌 것이 아닌 진정한 설한신공의 전승자였다.

"어지간히 우습게 보였군요! 외부인."

노기로 가득한 그녀의 눈빛에는 어느새 경계심이 사라졌다.

대신 복수의 일념으로 이글이글 타오르고 있었다.

흉터의 중년인이 죽인 단 장로는 그녀를 어릴 적부터 돌봐

줬던 유모였다.

그런 그녀를 해하였으니 분노하는 것도 당연했다.

'설한신공의 위력이 이 정도였다니…….'

가까이에 있는 자마저도 얼려 버릴 것 같은 한기의 발산.

내공을 끌어 올려도 떨림이 멈추지 않았다.

"크하하하하핫! 정말 행운이야. 본 대주가 이곳까지 온 보람이 있군!"

호탕하게 웃는 흉터의 중년인의 몸에서 강렬한 기가 발산되었다.

그것은 매우 스산하면서도 사악한 기운이었다.

화경의 경지에 오른 양대 고수가 기를 발산하니 그 여파는 상상을 초월했다.

"읍!"

속에서 뭔가 역류하는 느낌이었다.

'고작 한 단락의 차이가 이렇게 컸던가.'

초절정의 끝자락에 있는 궁백원은 허탈한 마음마저 들었다.

하지만 이내 마음을 달리 먹었다.

'중요한 건 그게 아니지. 저자를 어떻게든 해결해야 한다. 대종사와 힘을 합친다면 충분히 승산은 있다.'

같은 화경의 고수에 자신이 지원을 한다면 가능했다.

하지만 그것도 잠시였다.

슥!

흉터의 중년인의 몸이 흐릿해지더니, 어느새 단가려의 앞으로 도달했다.

'빠르다.'

그녀의 앞으로 도달한 흉터의 중년인이 일장을 뻗었다.

순식간에 파고드는 중년인의 일장이었지만 단가려 역시 공력의 운기를 마친 상태였다.

팡!

두 화경의 고수의 일장이 부딪치자 귀가 찢어질 것 같은 파공음이 퍼져 나갔다.

양대 고수의 첫 일장을 섞은 탐색의 결과는 놀라웠다.

대종사 단가려의 신형이 이 보 정도 뒤로 밀려나 있었다.

'이럴 수가! 대종사가 밀리는 건가?'

"칫! 지독한 한기로군. 그 망할 노파 따위와는 비교도 안 될 만큼!"

뒤로 밀려나진 않았지만 중년인의 몸에서 하얀 김이 올라왔다.

그는 심후한 내공으로 한기를 몰아내고 있었다.

"후우! 쉽지 않겠어."

내공의 수위는 분명 중년인이 높았다.

하지만 설한신공의 내공은 중원의 것과는 궤를 달리한다.

쉽게 얕보다간 한기가 체내로 침투해 내공의 흐름을 방해하고 내상을 입힌다.

'그럼 그렇지!'

대성사가 속으로 쾌재를 불렀다.

중원 무림이 한 번도 북해를 넘보지 못한 데는 설한신공의 위용이 컸다.

흉터의 중년인의 몸에서 김이 나오는 것이 멈췄다.

"한번 겪어보지 못했다면 또 당할 뻔했어, 크크큭."

그는 이미 설한신공에 당했었다.

설한신공의 내공을 파악하는 것은 어렵더라도 화경의 고수라면 내공의 침투 경로를 기억하는 것은 손쉬운 일이었다.

'무서운 자다. 벌써 설한신공에 적응했단 말인가. 그런데 대종사는 왜 그러는 거지?'

이상했다.

대종사 단가려의 안색이 하얗게 질려 있었다.

마치 안 좋은 기억이라도 떠올린 것처럼 눈동자마저 떨렸다.

"당신… 그들과 무슨 관계죠?"

"그들?"

흉터의 중년인이 전혀 모르겠다는 투로 되물었다.

그러자 단가려가 노기에 찬 목소리로 소리쳤다.

"혈교와 무슨 관계냔 말이에요!"

혈교라는 말에 흉터의 중년인의 눈빛이 변했다.

* * *

혈교, 그것은 천 년 전에 사라진 단체이다.

혈교가 만들어진 목적이나 기원은 불분명하다.

하지만 확실한 것은 혈교가 무림사에 뿌린 피는 무림의 씨를 말릴 정도였다고 한다.

흉흉하면서도 사이한 기운.

그것은 혈마기(血魔氣)에서 파생된 기운이었다.

"혈교라니? 대종사, 그게 무슨 말이오?"

궁백원이 영문을 모르겠다는 듯이 물었다.

천 년 전에 사라진 혈교는 무림에서도 아는 자가 드물었다.

"일장을 교환해 보니 확실히 알겠군요. 이건 분명 혈마기에요."

그 말에 흉터의 중년인의 얼굴에 웃음기가 사라졌다.

"어떻게 안 거지? 마지막으로 이곳과 접촉한 것이 사십 년도 더 되었을 텐데."

"역시……."

부정하지 않는 그의 말에 단가려는 확신했다.

'역시 그들이야. 아직 이곳을 포기하지 않고 있었어.'

그녀의 머릿속을 스치고 지나가는 오래된 기억.

그 기억은 아직도 생생히 남아 있었다.

"네년의 목숨은 본 혈교의 부활의 초석이 될 것이다!"

자신의 어머니인, 전대 대종사 단미려를 죽인 자가 남긴 말이었다.

눈앞에서 어미의 죽음을 목격한 그녀는 아직도 그 잔혹한 기억을 떨쳐내지 못했다.

쏴아아아!

"허억! 대… 대종사!"

단가려의 몸에서 방금 전과는 비교도 되지 않는 한기가 폭사되어 나왔다.

극성의 설한신공이었다.

주위가 한기의 회오리가 몰아치며, 공동 전체가 하얗게 얼어붙기 시작했다.

궁백원은 살이 떨리는 한기에 내공을 극성으로 끌어 올렸다.

"내 어미의 피가 아직도 말라붙지 않았다, 혈교의 잔당!"

"크크큭, 잔당이라……."

태연하게 답했지만 흉터의 중년인의 눈빛에는 긴장감이 가득했다.

이런 기세라면 목숨을 걸어야 할지도 몰랐다.

'저놈도 제법이군.'

궁백원이 내공을 끌어 올리자 그 기세가 상당했다.

화경인 그들에게는 범접하지 못했으나, 충분히 한 손을 거들 정도였다.

방심하면 자신이 이곳에 뼈를 묻을지도 몰랐다.

"이곳에 다시 돌아온 목적이 뭔지 모르겠으나, 살아서 나갈 생각은 버리시오!"

궁백원의 운암검에 하얀빛의 검기가 서렸다.

대종사 단가려와 힘을 합친다면 충분히 승산이 있는 싸움이었다.

그런데 흉터의 중년인이 난감하다는 듯 고개를 흔들었다.

"후우, 이걸 어찌해야 한담."

'전의를 상실한 건가?'

아무리 화경의 적이라도 자신이 불리하다는 걸 느꼈을 것이다.

어쩌면 쉽게 이자를 제압할 수 있을지도 몰랐다.

하지만 그것은 착각에 불과했다.

"그래서 자네를 돕겠다고 하지 않았나."

아무런 기척이 없던 뒤편에서 들려오는 목소리.

놀란 단가려가 당황했는지 그곳을 바라보았다.

어느새 검은 죽립의 복면을 쓴 자가 현천검이 꽂혀 있는 석빙을 손가락으로 쿡쿡 찔러보고 있었다.

"단단하군."

"다, 당신 어떻게?"

설한신공을 극성으로 전개하면서 기망이 촘촘할 정도로 넓어졌다.

그런데 그녀는 아무 기척도 느끼지 못했다.

심지어 이렇게 가까운 거리였음에도 불구하고 말이다.

'쥐새끼처럼 잘도 숨어들어 왔군, 혈영단주 무(無).'

조직에서 그림자와 같은 역할을 하는 자였다.

그 은신법은 화경의 고수조차 알아채기 힘들 정도로 완벽하다.

"밖에 두 장로들이 지키고 있었을 텐데……."

벌써 두 명째, 공동 안으로 침입했다.

그러자 궁백원은 밖에 있는 대장로들이 신경 쓰였다.

아무리 기척을 숨길 수 있는 자들이라고 해도 몰래 공동 안으로는 들어올 리가 만무했다.

"아, 이것들을 말하는 건가?"

검은 죽립의 복면인이 허리에 뭔가 매달고 있던 것을 들어 보였다.

뚝뚝!

아직 식지 않은 붉은 액체가 김을 내며 바닥으로 떨어졌다.

공동에 몰아치는 설한신공의 한기로 인해 그것은 이내 바닥에서 얼어붙었다.

단가려의 찢어질 것 같은 목소리가 공동에 울려 퍼졌다.

"대… 대장로……!!!"

머리카락으로 연결된 두 개의 수급(首級).

그것은 그들이 익히 아는 자들의 것이었다.

단가려와 궁백원의 동공이 커질 대로 커져 있었다.

분노와 슬픔이 뒤섞인 얼굴이 되어 그들은 몸을 부들부들 떨었다.

'역시 이놈은 악취미야.'

'혈영단주 무'라 불리는 이자는 조직 내에서도 적의 전의를 뒤흔드는 데 천부적이었다.

고수끼리의 대결에서 집중력이 흐트러지거나 감정의 혼선은 승패를 좌우하는 데 크다.

투쟁적인 흉터의 중년인과는 전혀 상반된 자였다.

바로 그때였다.

"네 이놈! 감히!"

단가려의 신형이 순식간에 혈영단주에게로 날아갔다.

그녀의 하얀 서리가 어린 차가운 일수가 혈영단주의 심장을 향했다.

단숨에 심장을 꿰뚫을 기세였다.

스륵!

그러나 그녀의 일수는 보기 좋게 빗나가고 말았다.

혈영단주의 잔영이 흐릿하게 남아 있다가 사라졌다.

'빠르다.'

혈영단주의 신영은 어느새 흉터의 중년인의 옆에 자리하고 있었다.

신법과 경공에 한해서는 무림에서 열 손가락 안에 들 실력이었다.

놀라운 나머지 궁백원이 입을 다물지 못했다.

'겨… 경이로울 정도의 경공이다!'

혈영단주는 여유로운 모습으로 흉터의 중년인에게 말을 걸었다.

"제법 날카로운 실력이군. 자네 혼자서 둘을 상대하긴 힘들었을 걸세."

픽!

그 말과 함께 혈영단주의 가슴 쪽 옷깃이 살얼음처럼 부서져 나갔다.

주위에 하얀 서리가 맺힌 것을 봐서는 단가려의 일수를 완전히 피하진 못했다.

"어쩔 텐가?"

"흥! 설한신공의 전수자는 내 것이네. 자네는 저 검수나 맡게!"

그 말과 함께 흉터의 중년인이 단가려를 향해 신형을 날렸다.

차가운 한기와 사악할 혈기가 부딪치며 공동이 진기로 충만해졌다.

"후우, 역시나 호전적인 사내로군."

혈영단주는 못 말리겠다는 듯이 고개를 흔들더니, 궁백원을 향해 다가왔다.

언제 뽑았는지 그 양손에는 단검이 들려 있었다.

"칫!"

궁백원의 긴장한 얼굴로 운암검을 치켜들었다.

정체 모를 죽립의 사내는 경이로운 경공 실력을 지닌 자였다.

방심하면 한순간에 목숨을 앗아갈지도 몰랐다.

"목이 비었군."

귓가를 울리는 살의가 가득한 목소리.

당황한 궁백원이 검을 들어 올려 목을 막았다.

챙!

검이 부딪치는 소리와 함께 궁백원의 신형이 뒤로 밀려 나갔다.

단순히 경공만 빠른 것이 아니었다.

'이놈, 공력도 상당하다.'

혈영단주의 공격은 그것으로 끝이 아니었다.

육안으로 판별하기 힘들 정도의 단검술이 그의 요혈들을 노리고 들어왔다.

덕분에 궁백원은 방어하는 데 정신이 없을 정도였다.

채채채채챙!

"제법이군. 쭉정이일 줄 알았는데."

"크! 본 성사를 우습게 여기는 것이냐!"

화가 난 궁백원이 공력을 끌어 올려 검기의 망을 쳤다.

덕분에 혈영단주의 신형이 뒤로 멀어졌다.

단검술이 쾌속했으나, 촘촘한 검기의 망을 뚫기에는 위험 부담이 컸다.

'만약에 근래에 실전을 경험하지 못했다면 죽었을지도 모르겠어.'

마을 내에서만 살았던 궁백원의 실전 경험은 요원했다.

천마와의 대결로 인해 실전 감각이 깨어 있는 것이 다행스러울 지경이었다.

바로 그때였다.

숙!

"헛?"

놀란 궁백원이 얼굴을 옆으로 돌렸다.

그의 뺨을 스치고 지나간 단검의 날카로운 예기.

검기의 망을 뚫고 단검이 날아온 것이었다.

'단검을 던지다니?'

"훗! 그걸 피했나?"

혈영단주가 뭔가를 끌어당기는 시늉을 하자, 놀랍게도 궁백원의 검망을 뚫고 지나갔던 단검이 그의 손으로 빨려 들어왔다.

"이건?"

단검의 끝에는 육안으로도 판별하기 힘든 얇은 강사가 묶여 있었다.

더욱 놀라운 것은 단검에 맺힌 붉은 혈기였다.

'설마 강사를 단검에 묶어서 기를 다룬 건가?'

그의 짐작대로였다.

혈영단주가 이젠 양손에서 단검을 놓았다.

강사에 묶인 단검들은 바닥에 떨어지지 않고 팽팽하게 위로 튀었다.

"얼마큼 버틸 수 있을지 지켜보겠네."

쏴쏴쏴쏵!

단검이 마치 살아 있는 뱀처럼 이리저리 움직이며 궁백원에게 쇄도했다.

궁백원의 검이 쉴 새 없이 움직이며 단검들을 상대했다.

마치 두 명의 고수에게 합공을 하는 것처럼 궁백원을 압박해 왔다.

잠시만 틈을 내주면 곧바로 요혈을 노리는 단검에 궁백원의 몸은 생채기를 넘어서, 점차 만신창이가 되어가고 있었다.

콰! 콰!

파공음과 함께 공동 전체가 흔들렸다.

한편 단가려와 흉터의 중년인의 싸움은 격렬하기 짝이 없었다.

둘 다 상대를 죽일 각오로 초식을 운용하고 있었는데, 공동이 언제 무너져도 이상하지 않을 정도였다.

'괴물 같은 년이로군.'

경험 면에서 단가려는 흉터의 중년인에게 현저히 밀렸다.

하지만 시간이 흐를수록 그녀는 중년인의 초식에 적응하고 있었다.

가히 천부적인 재능이었다.

"합!"

단가려의 초식은 유려하면서도 날카로웠다.

그녀의 초식이 발할 때마다 하얀 서리와 함께 차가운 한기를 동반했다.

그것은 흉터의 중년인이 조금이라도 방심하면 치명적으로 다가왔다.

바스락!

"큭!"

흉터의 중년인의 상처 부위가 얼어붙어서 격렬하게 움직일 때마다 부서졌다.

바깥에서 대결을 펼쳤다면 거리를 두고 검강으로 밀어붙였을 텐데, 이곳은 공동이었다.

무리하게 검강을 펼치면 무너질 것이다.

'조금만 더… 조금만 더 하면 이길 수 있어.'

단가려는 확신했다.

언뜻 노기에 차서 이성을 잃은 것처럼 보였으나, 그녀는 냉정했다.

냉철하게 상대의 초식에 대응하고 있었다.

그것은 과거 선대 대종사가 혈교의 간부와의 싸움에서 방심을 하다 목숨을 잃은 것을 두 눈으로 지켜봤기 때문이기도 했다.

'이대로는 승부가 나지 않는다! 일 초식에 벤다!'

"하압!"

망설이던 흉터의 중년인이 결단을 내렸다.

그의 신형이 허공으로 치솟자 검에 붉은 검강이 맺히며 패도적인 초식을 펼쳤다.

십 성 공력의 혈패천하(血敗天下).

'공동을 무너뜨릴 작정인가?'

눈앞의 모든 것을 베어버릴 것만 같은 패도적인 초식에 그녀는 순간 망설였다.

공동이 무너진다면 끊겨있던 마맥이 터질지도 몰랐다.

'그것만은 막아야 해!'

그녀의 양손이 하얗게 물드는 것을 넘어서 투명한 얼음같이 변했다.

설한신공의 최대 공력을 끌어 올린 탓이었다.

흉터의 중년인의 패도적인 초식을 그녀는 정면으로 맞부딪쳤다.

"아닛?"

촤아아앙! 파르르르르르!

검을 내려치는 기세가 막혔다.

차가운 강기를 맺은 양손으로 검을 잡아낸 것이었다.

"아악!"

아무리 같은 강기라고 하나 맨손으로 패도적인 일검을 막아낸다는 것은 보통 일이 아니었다.

그녀의 하얀 양손을 제외한 모든 부위에서 상처가 생기며 피가 터졌다.

'이년, 정말 대단하구나!'

내심 적이었지만 감탄스러울 수밖에 없었다.

하지만 그것도 잠시였다.

푹!

"악! 쿨럭!"

단가려의 등 뒤로 날카로운 단검이 꽂혔다.

그녀의 입에서 단말마의 비명과 함께 피가 솟구쳤다.

그리고 검을 잡고 있던 힘이 약해지면서 흉터의 중년인의 검이 그녀의 가슴을 베었다.

좌악!

"꺄아아아악!"

그녀가 고통스럽게 소리를 지르며 공동 바닥으로 쓰러졌다.

그나마 다행인 것은 검을 막으면서 공력이 약해진 탓에 몸이 양단되진 않았다.

28장

현천검 깨어나다

흉터의 중년인이 씁쓸한 눈으로 쓰러진 그녀를 쳐다보았다.

"쿨럭쿨럭!"

가슴 부위를 붉게 적신 옷하며, 입에서 거품처럼 올라오는 선혈.

아직 죽진 않았지만 이 정도의 중상이라면 얼마 있지 않아 숨이 멎을 것이다.

"본 대주의 싸움에 끼어들다니 이게 무슨 짓인가!"

흉터의 중년인이 분노에 찬 목소리로 외쳤다.

혈영단주가 강사에 묶인 단검을 끌어당겨 회수하더니 냉정하게 말했다.

"자네가 착각하고 있군. 우린 대결을 하러 온 게 아닐세."

"빌어먹을!"

"화가 나도 어쩔 수 없네."

쾅!

화가 난 흉터의 중년인은 애꿎은 공동의 벽을 주먹으로 쳤다.

중간의 난입으로 흥이 깨져 버렸다.

깨끗한 싸움을 원한 것은 아니었으나, 방해받았다는 사실은 변하지 않았다.

"아까 그놈은?"

"보다시피."

혈영단주가 공동의 한편 바닥에 쓰러져 있는 한 구의 시신을 가리켰다.

그것은 대성사 궁백원이었다.

온몸 가득한 상처 자국하며 바닥을 흥건히 적신 피만 보더라도 얼마나 잔인하게 당했는지 알 수 있었다.

"역시 악취미야."

"뭐, 칭찬으로 듣겠네."

혈영단주는 전혀 개의치 않는 듯이 답하며, 현천검이 봉인된 석빙으로 걸어갔다.

미세하게 금이 가 있는 석빙 사이로 흘러나오는 음산한 죽음의 기운.

그것을 바라보는 혈영단주의 눈빛은 희열에 차 있었다.

"이제 자네의 힘이 필요하네."

"뭘 어쩌라는 건가?"

혈영단주가 얼어 있는 석빙을 손가락으로 가리켰다.

"그냥 부수면 되지. 뭘 그러는 겐가."

"보다시피!"

깡깡깡!

석빙을 향해 단검을 휘둘렀으나 꿈쩍도 하지 않았다.

그것은 단가의 역대 대종사들이 매해 극성의 설한신공을 주입한 석빙이었다.

어지간한 물리력으로는 부술 수가 없었다.

"마침 잘되지 않았나?"

혈영단주가 궁백원의 시신 앞에 있던 운암검을 주었다.

그리고 그것을 흉터의 중년인에게 건넸다.

"이건……."

"만년한철로 만들어진 보검이니, 자네의 검강이라면 충분히 부술 수 있을 걸세."

잘 알고 있었다.

궁가 마을에서 자신을 곤욕스럽게 만든 자가 썼던 검이니 말이다.

검병을 잡는 것만으로도 느껴지는 날카로운 예기.

"명검이로군."

그때 그들의 귓가로 힘없는 목소리가 울려 퍼졌다.

"쿨럭… 쿨럭… 네… 네놈들 대체… 무… 무얼 할 작정이냐?"

목소리의 주인은 다름 아닌 단가려였다.

흉터의 중년인이 그녀를 바라보며 인상을 찌푸렸다.

'독한 년이로군.'

단가려는 피가 흘러나오는 자신의 상처 부위를 설한신공으로 얼려서 지혈했다.

고통을 이겨낸 놀라운 정신력이라고 할 수 있었다.

짝짝짝!

"그래도 명색이 북해빙궁의 수장다워. 다 죽어가는 년이 대단하군."

혈영단주가 감탄했다는 듯이 박수를 치며 말했다.

정신이 혼미해져 가는 상황 속에서 그녀는 석빙을 부수려는 그들의 행동에 개탄했다.

석빙이 부서지고 검을 뽑는다면 북해에 큰 재앙이 닥칠 것이다.

"머… 멈춰……. 그… 그것을 부수면… 재… 재앙이……."

하지만 겨우겨우 말을 하는 것이 한계였다.
그런 그녀를 향해 혈영단주가 비웃기라도 하듯이 말했다.
"후후후, 재앙이 아니지. 단지 막혔던 구멍을 다시 뚫는 것이니 말이야."
"아… 안 돼! …제… 제발……."
그녀가 애처로운 목소리로 만류했다.
흉터의 중년인의 쥐고 있는 운암검에 붉은 검강이 맺혔다.
"대업을 위해서다."
그 말과 함께 붉은 검강이 석빙을 베었다.
부서지지 않을 것 같던 석빙이 순식간에 갈라졌다.
스스스스스스! 쿵!
석빙이 갈라지며 하얀 김이 뿌옇게 새어 나왔다.
서서히 하얀 김이 걷히며 흑색 빛깔의 현천검이 천 년 만에 그 모습을 드러냈다.
석빙에 갇혀서 보이지 않던 현천검의 위용은 굉장했다.
"오오오!"
감탄사가 절로 나왔다.
검에 금이 가 있음에도 불구하고 흘러나오는 예기는 운암검과 비교도 할 수 없었다.
누가 이 검을 천 년 동안이나 봉해져 있었다고 생각이나 할 수 있을까.

"과연 절세의 검이로다!"

혈영단주가 황홀한 눈빛으로 검을 향해 다가갔다.

마맥을 막고 있는 검을 뽑을 목적이기도 했지만, 석빙에 갇혀 있을 때와는 차원이 다른 위용에 마음을 빼앗겼다.

"잠깐! 검을 만지지 말게."

흉터의 중년인이 그를 만류했다.

뭔가 이상했다.

현천검에서 느껴지는 묘한 이질감.

본능적으로 그것이 굉장히 위험하다고 감지했다.

그러나 이미 혈영단주의 손은 현천검의 검병을 쥐고 있었다.

"응?"

두근!

검병을 잡는 순간 회오리치듯 혈맥을 타고 오르는 이질적인 기운.

그것은 말 그대로 마(魔)였다.

단순한 기운이 아닌 살아 있는 기운이었다.

거칠게 잠식해 오는 마의 기운에 혈영단주의 손에 핏줄이 검게 물들었다.

뿌득! 뿌득!

"끄억!"

"완전 요검(擾劍)이 아닌가! 어서 그 손 놓게!"

흉터의 중년인이 놀라서 소리쳤다.

하지만 혈영단주 역시도 손을 놓고 싶었으나, 혈맥이 뒤틀리면서 검병에서 손을 뗄 수가 없었다.

손을 타고 들어온 고통이 팔에 잠식되려던 순간이었다.

"어이, 누구 마음대로 내 검에 손을 대는 거냐?"

넘실거리는 살기.

뒤에서 들려오는 힘 있는 목소리에 혈영단주가 힘겹게 고개를 젖혔다.

그 순간 날카로운 검기가 그의 팔을 파고들었다.

촤악!

"끄아아악!"

혈영단주의 팔이 잘려 나가며 검은 피가 뿜어져 나왔다.

마기로부터 벗어나자, 팔이 잘려 나간 고통을 참으며 혈영단주는 빠르게 경공을 펼쳐 검에서 멀어졌다.

"제법 빠른 놈이구나. 목도 베어줄려 했더니."

"으득, 네놈은!"

흉터의 중년인이 이를 갈며 갑자기 나타난 존재를 노려보았다.

살기등등하게 나타난 그는 다름 아닌 천마였다.

갑작스러운 천마의 등장에 당황한 사람은 그뿐만이 아니

었다.

'저자는 대체 누구지?'

석빙이 부서지면서 절망했던 대종사 단가려였다.

검이 뽑히는 것을 막아주었지만 적인지 아군인지 판가름할 수가 없었다.

단지 그가 도움을 줘서 이 상황을 타개했으면 하는 바람이었다.

"누… 누구신지는 모르겠지만… 이… 이들을 막아야 합니다. 그… 쿨럭쿨럭, 그렇지 않으면 재앙이… 재앙이 닥칠… 쿨럭……."

속에서부터 올라오는 선혈로 말을 잇기 힘들었지만, 그녀는 있는 힘을 다해 천마에게 도움을 요청했다.

"저… 저자인가?"

혈영단주가 자신의 잘린 팔을 천으로 묶어 지혈하며 물었다.

이에 흉터의 중년인이 고개를 끄덕였다.

"크흐… 좋지 않군. 방해하러 온 것인가."

심각해하는 혈영단주의 목소리에 흉터의 중년인이 힐끔 쳐다보았다.

비록 마기의 침식으로 인한 것이었지만 한 팔을 잃었다.

전력의 손실이 컸다.

'큰 도움은 되지 못하겠군. 하나, 전과는 다르지.'

흉터의 중년인이 공력을 끌어 올렸다.

단번에 십 성 공력으로 끌어 올리자, 그의 전신에서 붉은 혈마기가 아지랑이처럼 넘실거렸고 공동 전체가 진기로 가득해졌다.

낮은 수위의 무인들이라면 내상을 입을 수도 있는 상황이었다.

"호오, 전과는 다르군."

부상을 입었을 때와는 차원이 달랐다.

적어도 궁가 마을에서 겨뤘을 때와 비교한다면 그 기세가 월등했다.

흉터의 중년인이 손가락으로 그를 가리키며 소리쳤다.

"크큭, 그렇지 않아도 네놈과 다시 대면할 날을 기다렸는데 아주 잘됐구나! 이번에는 확실하게 없애주마."

"무슨 개소리야. 꽁지가 빠지게 도망가더니."

천마가 아서라는 듯이 손을 휘저었다.

덕분에 흉터의 중년인의 얼굴은 붉게 달아오르다 못해 터질 것만 같았다.

"이놈이 감히!"

화가 머리끝까지 오른 흉터의 중년인이 그에게 공격하려는 찰나였다.

탁!

"엇?"

천마가 느닷없이 현천검의 검병을 잡았다.

갑작스러운 행동에 흉터의 중년인도 멈칫했다.

불과 방금 전에 혈영단주가 마기에 침식되어 꼼짝하지 못하는 것을 보았는데, 검병을 잡는 것은 무슨 의도란 말인가.

"네놈이 죽으려고 환장을 했구나."

흉터의 중년인의 예상대로였다.

불끈!

검병을 잡은 천마의 손등의 핏줄이 튀어나오며 검게 물들었다.

현천검에서 흘러나오는 마기는 순식간에 손등을 넘어 팔로 전이되어 갔다.

혈영단주와 같은 현상이었다.

'뭐지?'

혈영단주가 검을 쥐었을 때의 알 수 없는 불길함.

그것은 여전히 같았다.

단지 다른 것이 있다면 천마의 입가에 맴도는 미소였다.

의미를 알 수 없는 미소가 흉터의 중년인을 더욱 불길하게 만들었다.

"후후, 오랜만이구나, 현천."

천마가 검을 향해 반가움을 표했다.

금이 간 현천검에서 흘러나오는 방대한 양의 마기.

그것은 마공으로 만들어진 것과는 비교도 할 수 없을 만큼 순도가 높았다.

웅웅!

신기한 일이었다.

검이 마치 알아듣기라도 한 것처럼 공명했다.

천마의 눈빛이 날카로워졌다.

'현천… 신공.'

천마가 호흡을 가다듬으며 현천신공을 운용했다.

쇄아아악!

그 순간 암막이라도 깔리는 것처럼 그들의 시야로 거대한 어둠이 들이닥쳤다.

공동 전체가 어둠에 휩싸여서 그 속으로 휩쓸리는 것만 같았다.

"이, 이게 대체 무슨?"

단가려와 흉터의 중년인, 혈영단주 등 세 사람은 같은 현상을 겪었다.

하지만 그것은 그들이 동시에 겪은 착각이었다.

공동은 어두워지지 않았고, 횃불로 환하기만 했다.

'뭐지? 분명히… 공동 전체가 어두워졌었는데.'

흉터의 중년인이 옆에 있는 혈영단주를 쳐다보았다.

자신과 마찬가지로 그 역시도 영문을 모르겠다는 표정이었다.

"아닛?"

그때 혈영단주가 놀라서 앞을 바라보았다.

그것은 현천검 앞에 서 있는 천마의 모습 때문이었다.

분명 현천검에서 흘러나오는 마기에 잠식될 줄 알았는데 어느새 멀쩡한 모습으로 서 있었다.

검게 물들었던 핏줄이 원래의 색을 찾아가고 있었다.

"설마 그 마기를 이겨냈다고?"

혈영단주는 이해할 수 없다는 듯이 중얼거렸다.

혈마기로도 제압하지 못했던 마맥에서 흘러나오던 순도 높은 마기였다.

'조직에서도 그분 외에는 이 정도 마기를 통제할 수 없을 텐데……'

눈앞의 저 남자는 매우 위험했다.

그의 본능이 강하게 경고하고 있었다.

"이제 겨우 구색을 갖췄군."

"뭣?"

가만히 있던 천마가 주먹을 쥐었다 폈다 움직였다.

바로 그때였다.

휘리리릭! 퍽!

"컥!"

알 수 없는 어떠한 힘이 흉터의 중년인을 공격했다.

복부를 적중당한 흉터의 중년인이 그것에 맞고 뒤로 튕겨져 나갔다.

"헛!"

이에 당황한 혈영단주가 빠르게 경공을 펼치려 했다.

그러나 경공을 펼치기도 전에 알 수 없는 힘이 그를 붙들었다.

마치 몸이 뭔가에 묶인 것처럼 혈영단주를 공동 벽의 한 면으로 내팽개쳤다.

쾅!

"크윽! 이게 대체?"

이해할 수 없는 노릇이었다.

지켜보는 단가려 역시도 눈이 휘둥그레졌다.

갑자기 나타난 천마의 무공 수위가 저 둘에 비해서 높아보이진 않았다.

그런데 검을 잡고 나더니 다른 사람이 되었다.

마치 일대의 대종사를 보는 것처럼 위압감에 짓눌리는 것 같았다.

*　　　*　　　*

"크큭."

천마의 입에서 조소가 흘러나왔다.

그의 전신에 흘러넘치는 순도 높은 마기는 현천신공과 호응하며 요동을 쳤다.

"빌어먹을 놈이 감히!"

흉터의 중년인이 입가에 흐르는 피를 닦으며 벌떡 일어났다.

갑작스러운 공격에 당한 것이 화가 났는지 눈빛에 살기가 가득했다.

"호오, 제법 강골 있군."

"무슨 수작을 부린 거냐?"

한 번도 겪어본 적 없는 정체 모를 기운.

그것은 화경의 경지인 그 자신조차 육안으로 파악하기 힘들었다.

"수작? 웃기는 놈이구나."

천마가 피식하고 웃었다.

그러고는 손을 뻗자, 또다시 알 수 없는 기운이 흉터의 중년인에게 쇄도했다.

'온다!'

육안으로 파악하기 힘든 어두운 기운이었다.
처음에는 방심했으나 이번에는 달랐다.
흉터의 중년인이 몸을 뒤틀며 그 기운을 피했다.
파파파팍!
그가 피한 공동의 바닥에 날카로운 흔적들이 생겨났다.
조금만 늦게 반응했다면 당했을지도 몰랐다.
"제법이군."
천마의 눈에 이채가 띠었다.
'흠, 화경의 끝에 이르렀군.'
유형화된 마기.
그것은 현천신공의 십삼 단공이었다.
육신의 경지와는 별개로 천 년 동안 선인의 공부로 얻은 원영신의 경지.
역대 마교의 교주들 중에 조사인 천마만이 가진 힘이었다.
유형화된 마기를 감지했다는 것은 화경의 끝에 이르렀다는 의미였다.
"네놈 차례다!"
흉터의 중년인이 천마에게로 붉은 검강이 실린 검초를 날렸다.
정체 모를 기운을 쓸 틈을 주지 않을 작정이었다.
그런데 이상했다.

'뭐지?'

천마는 전혀 피할 생각이 없어보였다.

흉터의 중년인의 검초가 천마에게 쇄도하는 순간, 검은 운무가 회오리를 치며 천마를 둘러쌌다.

'뭔가 위험해.'

검은 운무의 회오리는 소름이 끼칠 만큼 흉흉한 마기를 뿜어댔다.

흉터의 중년인은 신중해질 수밖에 없었다.

'검초로 운무를 걷어내자.'

흉터의 중년인이 검초에 변화를 주자 검세가 더욱 촘촘해졌다.

검강이 실린 검초가 검은 운무와 부딪쳤다.

콰콰콰콱!

기이한 현상이었다.

붉은 검강이 실린 검초와 검은 운무의 회오리가 맞부딪치며 강한 번갯불이 일어났다.

그러더니 붉은 검강의 검세가 검은 운무에 상쇄되어 버렸다.

"이럴 수가?"

흉터의 중년인이 경악스러운 표정을 지었다.

반면 천마의 반응은 달랐다.

상당히 마음에 들지 않는다는 투로 중얼거렸다.

"아직 멀었군. 초절정의 내공으로는 이게 한계인가."

혀끝으로 피비린내가 느껴졌다.

현천신공이 마기를 제어하고 있었지만, 무공의 경지를 비롯해 육신이 견뎌내지 못하고 있었다.

검은 운무를 자유롭게 사용하기에는 마기에 적응하지 못한 육신이었다.

'하지만 이 정도로 충분하지.'

슉!

바로 그 순간 천마의 눈앞으로 단검이 날아들었다.

일말의 차로 뒤로 몸을 젖혔지만 강사에 묶인 단검이 당겨지며 천마의 목을 노렸다.

그러나 단검은 천마의 목을 꿰뚫지 못했다.

팡!

천마의 목에 닿기도 전에 흑색 운무에 막혀 튕겨져 나갔다.

검강조차도 상쇄시키는 유형화된 마기였다.

'이걸 막아내다니!'

천마의 시선이 흉터의 중년인에게로 향했을 때 기습적으로 노렸던 혈영단주였다.

양손으로 비검을 펼쳤다면 훨씬 성공률이 높았겠지만, 외팔이 되었으니 어찌하겠는가.

혈영단주는 빠르게 단검을 회수하기 위해 잡아당겼다.

그러나.

휘릭!

어느새 천마가 강사 줄을 잡아채 감으며 그를 끌어당겼다.

안간힘을 써가며 버텨보려 했지만 아무 소용이 없었다.

"무, 무슨 힘이……."

천마의 오른팔은 북호투황의 것이니 그 힘은 태산과도 같았다.

"날 노렸으니 대가는 치러야지."

"헉!"

더욱 힘을 가하자 혈영단주의 몸이 순식간에 부웅, 하고 떠올라 천마에게로 날아왔다.

천마의 왼쪽 검지에 검기가 치솟으며 혈영단주의 미간의 혈로 향했다.

"쉽게 놔둘 성싶으냐!"

그때 흉터의 중년인의 검이 천마의 허리로 파고 들어왔다.

덕분에 천마는 강사를 잡고 있던 손을 놓고 북호투황의 팔에 강기를 일으켰다.

쾅!

강기와 강기가 부딪치면서 굉음이 공동 안을 울렸다.

천마의 몸이 옆으로 밀려났다.

아무리 북호투황의 팔이라고는 하나 만년한철로 만들어진

운암검이었다.

보검에 강기를 씌우니 그 날카로움은 무시할 수 없었다.

좌악!

천마의 오른팔에 검흔이 생겨나며 피가 치솟았다.

'강기로 보호해도 소용없군.'

천마의 얼굴이 신중해졌다.

까다로운 조합이었다.

한 명은 패도적인 검을 펼치는 화경의 고수에 다른 한 명은 비검술과 경공의 달인인 초절정의 고수였다.

"후후, 네놈이라고 별수 있을 것 같으냐."

전황이 유리하게 전개되자 흉터의 중년인이 한층 기세등등해졌다.

이 대 일로 겨루고 있다는 사실마저도 망각할 만큼 말이다.

이에 천마가 고개를 절레절레 흔들었다.

"이것저것 봐줘가면서 싸울 상황이 아니군."

"봐줘? 무슨 헛소리를 해대는 거냐?"

"헛소리? …크큭, 웃기는 놈이로군. 혈교의 버러지 주제에."

사아아아아!

그 순간 천마의 몸에서 강렬한 살기가 발산되었다.

그것은 일반적인 살의에서 일어나는 기운과는 범접하기 힘든 흉흉함이었다.

흉흉함은 죽음과 직결되어 있었다.

온몸의 경각심을 불러일으키는 강렬한 살기에 흉터의 중년인과 혈영단주의 눈빛이 흔들렸다.

'크윽, 죽음을 이렇게 가까이에서 느껴보기는 처음이다.'

'무슨 인간의 몸에서 이런 살기가……'

살기가 짙어지자 다른 현상이 일어났다.

천마의 붉은 안광이 짙어졌다.

"아니? 그… 그 눈?"

혈영단주가 놀라며 하나 남은 손으로 그를 가리켰다.

천마에게서 뿜어져 나오는 붉은 안광은 분명 부활 의식을 거친 자의 증거였다.

흉터의 중년인은 이미 알고 있었기에 침묵했다.

그보다도 천마에게서 뿜어져 나오는 흉흉한 살기에 긴장의 끈을 놓을 수가 없었다.

"검에는 검이지."

"뭣?"

"오라!"

천마가 손을 내밀자 놀랍게도.

드드드드! 쑤욱!

공동의 한가운데 부러진 빙석에 꽂혀 있던 현천검이 그의 손으로 빨려 들어왔다.

우우웅!

금이 간 현천검이 공명음을 냈다.

마치 오랜만에 만난 주인에 대한 반가움을 토해내듯 말이다.

그것과 동시에 심상치 않은 일이 일어났다.

쿠쿠쿠쿠!

공동 내부가 흔들리기 시작했다.

천 년 동안이나 막혀 있던 마맥이 다시 활성화된 것이었다.

"아, 안 돼! 거, 검을 뽑다니!"

대종사 단가려가 절망스러운 목소리로 절규하며 천마를 노려보았다.

검이 뽑히는 것을 막아달라고 했더니 도리어 뽑았으니 어이가 없을 따름이었다.

지반이 흔들릴 정도로 요동치는 마기.

'됐다. 목적을 달성했어.'

검이 뽑히자 혈영단주가 속으로 쾌재를 불렀다.

그렇지 않아도 어떻게 저 검을 뽑아야 하나 고민하던 차였다.

이제 문제는 눈앞의 정체 모를 존재였다.

혈영단의 단주로서 '부활자들'에 대한 정보는 대다수 가지고 있었다.

자신들의 통제 내에 전혀 들은 바 없는 천마의 등장은 두려운 변수였다.

"귀… 귀하는 대체 누구시오? 존함을 듣고 싶소."

아까 달리 태도가 조심스러워졌다.

하지만 천마의 흉흉한 살기가 줄어들 기세가 보이지 않았다.

"분명 그 눈은 부활 의식을……."

"조심하게!"

흉터의 중년인의 다급한 경고성에 혈영단주가 재빨리 옆으로 몸을 날렸다.

그와 동시에 혈영단주가 서 있던 공동 바닥을 기점으로 반대쪽 벽면까지 긴 검흔이 생겨났다.

경고성이 없었다면 혈영단주의 몸은 반으로 나뉘었을 것이다.

"네놈 먼저 해결해야겠군."

"해결? 본 대주를 우습게 여기는 건가!"

천마의 신형이 쾌속하게 흉터의 중년인에게로 향했다.

흉터의 중년인은 긴장을 놓치지 않고 천마에게 검초를 펼쳤다.

채채채채챙!

검과 검이 부딪치는 마찰음이 귀가 찢어질 듯했다.

"아악!"

중상을 입은 단가려가 버티기에는 버거웠다.

공동 전체가 그들의 대결에서 파생되는 강기에 폐허가 되어 가고 있었다.

아까와 달리 대결에 전혀 끼어들 틈조차 없자 혈영단주는 고민하기 시작했다.

'위험하다. 어쩌면 그가 질 수도 있겠어.'

혈영단주가 아닌 누가 보더라도 흉터의 중년인의 안색이 좋지 않았다.

검술 실력이 현저하게 밀렸기 때문이었다.

더군다나 현천검이 뿜어대고 있는 마기가 그의 혈마기와 부딪칠 때마다 가슴에 통증을 유발시켰다.

'역시 혈마기와 패혈검법이 틀림없군.'

짧은 순간에 수초식을 교환하며 천마는 확신했다.

이자는 혈교의 잔당 중에서도 상당한 지위를 가진 자임이 틀림없었다.

패혈검법은 '그자'가 위세를 떨치던 세 절기 중 하나였다.

"제법이긴 하지만, 그놈에 비하면 아직 증오심이 부족해."

"이… 이놈이!"

대결 중에 자신을 훈계하자 흉터의 중년인은 화가 올랐다.

그렇지 않아도 계속해서 자신의 검법이 전혀 통하지 않자

답답한 와중이었다.

'이놈, 전에도 그렇고 마치 내 검법을 알고 있는 것 같지 않나.'

불리했다.

고수의 대결에 있어서 자신의 검법을 꿰뚫고 있다는 것은 치명적이었다.

더군다나 자신은 상대의 검법을 겪어본 적이 없었다.

하지만 짐작 가는 바가 있었다.

'온몸에서 뿜어져 나오는 흉흉한 살기, 그리고 검에 충만한 마기, 부드러움과 강함을 갖춘 검초, 무림사에 있어서 이러한 고수는…….'

흉터의 중년인의 생각이 미쳐 끝나기도 전에 현천검이 그의 어깨를 파고들었다.

푹!

"쿨럭!"

내상을 입은 그의 입에서 선혈이 튀어나왔다.

그 순간 천마의 일검이 쾌속하게 번쩍였다.

촥!

"끄악!"

흉터의 중년인이 비명을 질렀다.

그의 오른팔이 베여져 나간 것이었다.

천마의 무정한 검은 그것으로 끝이 아니었다.

촥!

“크악! 내 팔이! 내 팔이!”

어느새 흉터의 중년인의 다른 팔마저 베어버리고 말았다.

순식간에 양팔을 잃은 그는 힘없이 바닥에 무릎을 꿇었다.

하얗게 질려 버린 얼굴은 그가 얼마나 고통스러운지를 말해주고 있었다.

“혈영… 단주!”

흉터의 중년인이 그를 불렀다.

하지만 아무런 답변이 없었다.

“그 쥐새끼는 이미 도망갔다.”

“도… 도망갔다고?”

천마가 이죽이면서 말했다.

흉터의 중년인과 대결 도중 고민하던 혈영단주는 아무런 망설임도 없이 공동을 빠져나갔다.

혈영단주가 도망갔다는 말에 흉터의 중년인은 허탈해졌다.

얼굴이 붉어지며 이마에 핏줄까지 서더니, 갑자기 미친 듯이 웃어댔다.

한참을 웃어대던 그가 입을 열었다.

“하아… 하아… 대… 단하군.”

그의 표정은 개운해 보였다.

이미 승패를 초탈해 마음이 편안해져 있었다.

"졌다."

"깨끗이 인정하니 그 쥐새끼보단 낫군."

혈영단주와 같은 자는 천마가 가장 싫어하는 족속이었다.

먼저 없애 버리고 싶었으나 흉터의 중년인 또한 방심할 수 없는 고수였다.

"그대와… 같은 고수와 겨뤘으니 이미 여한은 없소."

천마는 아무 말도 하지 않았다.

마지막에 와서 무인의 눈이 된 흉터의 중년인의 속이 보였기 때문이었다.

"말해라."

"그놈… 그놈은 부활했나?"

그놈이라고 지칭했지만 흉터의 중년인은 누구를 의미하는지 바로 알아챘다.

흔들리는 눈빛만 보더라도 확신할 수 있었다.

"역시 그대는 우리 조직을 알고 있었군."

"내가 혈교를 알아보지 못할 거라 생각했나."

혈교.

한때 무림을 전복하려 했던 피의 교리를 내세우던 집단.

그들은 무림인의 씨를 칠 할 이상 말려 버린, 최악으로 위험했던 자들이었다.

"쿨럭쿨럭, 당신의 말을 들으니… 더욱… 확신할 수 있겠소."

"무엇을 말이냐."

"당신의 정체."

"호오?"

천마의 눈에 이채가 띠었다.

흉터의 중년인은 다 죽어가면서도 눈에는 생기가 돌고 있었다.

그것은 회광반조(回光返照)의 현상이리라.

"크큭, 내가 누구일 것 같으냐?"

"십만대산의 주인이자 만마의 시초. 그대는… 그대는… 쿨럭!"

흉터의 중년인이 입에서 피를 한 움큼 뱉어냈다.

그의 상태가 이상했다.

이마에만 서던 핏줄이 온몸으로 선명하게 퍼져 나가 살갗이 울퉁불퉁하게 튀어나왔다.

그 모습이 괴이하고 징그럽기 짝이 없었다.

"이건?"

내상 때문이 아니었다.

분명 몸에 금제가 가해져 있었다.

"고독인가?"

"하아… 하아… 그… 그렇소."

고독이 심어진 상태에서 금제를 가하면 정보 누설을 할 경우 온몸의 경맥과 혈맥이 터져서 죽게 된다.

흙터의 중년인이 이야기를 하면 할수록 죽음에 가까워지는 것이었다.

천마가 원영신을 열고 그의 몸을 살펴보았다.

'늦었군. 이미 주요 혈맥이 전부 터졌다.'

처음부터 고독의 존재를 알았다면 원영신을 통해 위치를 파악하여 극양의 내공으로 고독을 제압하는 것이 가능하다.

하지만 이미 혈맥이 전부 터졌기에 숨이 멎기 직전의 상태였다.

"마지막으로 남길 말이 있나?"

"나… 는… 나는……."

흙터의 중년인이 마지막으로 남긴 말은 짧았다.

힘겹게 작은 목소리로 읊조렸지만 그것을 듣는 순간, 천마 역시도 상당히 놀란 눈치였다.

흙터의 중년인은 그것을 끝으로 숨을 거뒀다.

마지막에 와서는 모든 것을 밝히고 편안하게 떠났다.

쿠쿠쿠쿠!

공동이 더욱 심하게 흔들렸다.

공동 천장의 바위들이 금이 가며 떨어지기 시작했다.

이미 그들이 그곳에서 겨루는 동안 공동 내를 지지하던 벽들이 약해져 있었다.

"칫, 곧 무너지겠군."

천마의 시선이 공동 한가운데에 있는 마맥으로 향했다.

한편 공동에서 바깥으로 나가는 통로를 급하게 경공을 펼치며 빠져나가고 있는 이가 있었다.

그는 다름 아닌 궁회원이었다.

궁회원의 등에는 단설영이 업혀 있었고 두 팔로는 설유라를 안고 있었다.

"헉헉!"

궁회원의 온몸은 땀으로 젖어 있었다.

무공을 익혔으나 공력이 워낙 일천하다 보니 누군가를 업고 들고 뛰는 것이 힘겨웠다.

앞뒤로 여자 둘을 끼고 뛰는 모습이 자못 웃겼으나 상황은 심각했다.

쿠쿠쿠쿠!

산이 흔들리며 동굴의 통로 전체가 무너지기 일보 직전이었다.

더 늦어지면 이대로 깔려서 죽을지도 몰랐다.

'내가 미쳤지. 그자를 따라오는 게 아니었어.'

그는 내심 울고 싶은 심정이었다.

동굴의 입구에서 공동으로 가는 통로는 상당히 길었다.

동굴 안에서 들려오는 소리에 천마가 먼저 급히 들어갔었는데, 얼마 있지 않아 산 전체가 흔들리기 시작했다.

분명 마맥의 검이 뽑힌 게 틀림없었다.

'마맥이 터지는 것을 그도 막지 못했구나.'

천 년 동안이나 막혀 있던 마맥이었다.

그 용솟음치는 마기는 가히 산을 뒤덮고도 남을 기세였다.

이제 중요한 것은 마맥이 아니었다.

"조금만 더!"

"…궁 공자."

아직 몸이 여의치 않아 그에게 안겨 있는 설유라는 마음이 무거웠다.

허벅지가 터져 나갈 것 같았지만 궁회원은 쉬지 않았다.

멀리 저편에서 희미한 빛이 흘러들어 오고 있었다.

동굴의 출구에 가까워진 것이었다.

그러나 희망에 가득 찬 궁회원의 눈빛이 절망으로 바뀌고 말았다.

쿠르르르릉!

바로 눈앞에서 통로가 붕괴되며 거대한 암석이 출구를 가린 것이었다.

궁회원이 두 여자를 내려놓고 공력을 끌어모아 암석을 권을 날렸으나 꿈쩍도 하지 않았다.

"안 돼! 제발! 제발! 여기서 그녀를 죽게 할 순 없어!"

궁회원은 두 주먹이 피투성이가 되도록 암석을 쳤다.

어둠 속에서 아무것도 보이지 않는 상황.

그 어둠은 궁회원에게 절망을 불러왔다.

"…우리의 운명이 이런 것이라면 어쩔 수 없구려."

궁회원이 피투성이가 된 손으로 단설영의 뺨을 매만졌다.

주륵!

그런 궁회원의 손을 뜨거운 무언가가 적셨다.

그것은 단설영이 흘리는 눈물이었다.

혈도가 제압되어서 말을 할 수도 움직일 수도 없었지만 궁회원의 절절한 마음에 벅차올랐다.

'궁 공자…….'

"단 소저, 나와 같은 마음인가 보오."

어둠 속에서 그녀의 얼굴이 잘 보이지 않았지만 그녀의 마음을 느낄 수 있었다.

두 마을이 부딪치면서 함께하지 못했는데 죽음으로서 함께할 것이다.

그들은 애절하게 죽음을 받아들였지만 설유라는 달랐다.

"으으……."

설유라가 몸을 일으키며 내공을 끌어 올려 보았다.

내상을 어느 정도 가라앉혀서 걸을 수 있었으나 역시나였다.

내공을 끌어 올리자 단전을 칼로 찌를 듯한 고통에 사로잡혔다.

"아아, 이대로… 이대로 포기할 순 없어."

그녀가 선천공을 운용했다.

내공에 잠재되어 있던 선기가 일어나며 그녀가 내공을 일으키는 것을 도왔다.

설유라가 검문의 장법인 화선장(和仙掌)의 초식을 펼쳤다.

쾅!

궁회원이 주먹질을 하던 것과는 차원이 남달랐다.

커다란 굉음이 통로에 퍼져 나갔다.

그러나 결과는 애석하게도 좀 전과 동일했다.

커다란 암석에 그녀의 손바닥 자국이 선명하게 남아서 금이 갔지만 아주 일부에 불과했다.

주륵!

설유라의 입가로 피가 흘러나왔다.

공력이 회복되지 않은 상태에서 억지로 내공을 끌어 올린 탓이었다.

"정말 끝인 건가."

그녀는 허탈한 나머지 바닥에 털썩 주저앉고 말았다.

설마 이런 외지에서 죽음을 맞이하리라고는 상상도 하지 못했다.

그때 그녀의 귓가로 낯익은 목소리가 울려 퍼졌다.

"비켜라! 계집!"

"아!"

'그다!'

바로 천마였다.

항상 퉁명스럽게 대했던 이 목소리가 어찌나 반가웠던가.

그녀는 본능적으로 암석에서 옆으로 비켜났다.

통로 안쪽에서 경공을 펼치며 나오던 천마의 오른손에 맺힌 권강이 커다란 암석으로 쇄도했다.

쾅!

그들이 그렇게 애를 써도 꿈쩍하지 않던 커다란 암석에 강기가 스며들자, 놀랍게도 암석이 산산조각 났다.

환한 빛이 흘러들어 오며 그들의 눈앞에 출구가 펼쳐졌다.

천마 덕분에 겨우 바깥으로 탈출한 그들은 먼지투성이가 되어서 지쳐보였다.

설유라는 붉게 상기된 얼굴로 천마를 바라보았다.

그러다 문득 뭔가를 발견했다.

"그분은?"

천마가 어깨로 들쳐 메고 있는 여자를 보며 물었다.

온통 피투성이의 중상을 입은 은발의 중년 여성이었다.

"에이, 피 냄새."

팍!

"으윽!"

천마는 귀찮다는 듯이 그녀를 바닥에 내팽개쳤다.

그런 그녀를 본 단설영의 눈이 커졌다.

그도 그럴 것이 단가 마을의 수장인 대종사 단가려가 중상을 입고 피투성이가 되어 있으니 놀랄 만도 했다.

'대종사!'

어째서 대종사가 이곳에서 중상을 입고 있는 것인가.

아무런 영문을 모르는 그녀는 화가 난 눈초리로 천마를 노려보았다.

그러나 천마의 관심사는 다른 곳에 있었다.

"그놈은?"

"그놈이라면?"

"모용가의 애송이 말이야."

"그, 그게… 갑자기 나타난 복면인에게……."

궁회원이 아까 전에 있던 일을 설명했다.

먼저 동굴 내로 들어간 천마를 따라나선 일행들.

그들은 경공을 펼쳐서 그를 따라잡으려 했으나, 통로를 타고 흘러나오는 숨 막히는 진기로 인해 쉽사리 진입할 수가 없었다.

한참을 통로를 타고 내려가던 와중에 갑자기 동굴이 흔들리기 시작했다.

"사마 공자가 아직 안에 있어요!"

"그놈이 중요한 게 아니라, 우리가 죽을지도 모른다고!"

안으로 들어가자고 하는 설유라와 산이 무너질지도 모르니 얼른 밖으로 대피하자는 모용월야의 의견이 대립되었다.

그러던 찰나에 정체불명의 외팔의 복면인이 나타났다고 한다.

"놈과 마주쳤었군."

"이상한 놈이었소. 갑자기 모용 공자를 보더니……."

뭔가 다급해 보였던 복면인은 선두에 서 있던 모용월야를 보더니 알 수 없는 말을 뱉었다고 한다.

"혈매화!"

그 말과 함께 모용월야를 단숨에 제압했다.

모용월야의 실력도 보통이 아니었으나 혈영단주의 무공 실력은 그를 훨씬 상회했다.

모용월야를 제압한 혈영단주는 그를 들쳐 메고 동굴 밖으로 사라져 버렸다.

"흠."

사실 모용월야의 생사 따윈 관심이 없었다.

단지 천마의 관심을 끈 것은 혈영단주가 모용월야에 대해 뭔가를 알고 있다는 점이었다.

'그러고 보니 녀석의 몸에 혈마기가 잠재되어 있었지.'

분명 모용월야는 혈교와 어떤 관계가 있다.

그렇게 확신한 천마는 아무 말도 하지 않고 경공을 펼쳤다.

"앗! 어, 어디로 가는 거요?"

궁회원의 외쳤으나 어느새 천마의 신형은 사라져 있었다.

이에 설유라가 고개를 저으며 말했다.

"그자를 추적하러 간 것 같아요."

천마가 간 방향의 땅바닥을 그녀가 손가락으로 가리켰다.

풀숲 하나 없는 민둥산 흙바닥에는 듬성듬성 혈흔이 남아 있었다.

팔이 잘린 혈영단주가 흘린 핏자국이었다.

한편 현천검에 봉해져 있던 마맥에서 한참 떨어진 곳.

뚝, 뚝.

설유라의 예상대로 혈영단주는 상처 부위에서 피를 흘리는지도 모르고 바쁘게 경공을 펼쳤다.

외팔로 모용월야를 들쳐 메고 경공을 펼치는 일은 쉽지 않았다.

평소라면 벌써 나룻배를 정박해 놓은 곳에 도착했을 것이다.

"아, 도착했다!"

부지런히 경공을 펼친 결과 호수에 이르렀다.

호흡이 벅찼는지 혈영단주가 거친 숨을 내쉬며 나룻배로 다가갔다.

나룻배로 모용월야를 실으려고 하던 찰나였다.

오싹!

온몸에 소름이 돋을 만큼 오싹한 기운이 그를 사로잡았다.

놀란 혈영단주가 경계심이 가득한 눈빛으로 주위를 훑어보았다.

"뭐지? 아무것도 없는데……."

주위는 고요하기 짝이 없었다.

그런데 여전히 그의 감각이 위험하다고 말하고 있었다.

혈영단주는 서둘러야겠다는 생각이 들었다.

바로 그때였다.

파팍!

"크아아아악!"

혈영단주의 양어깨를 알 수 없는 뭔가가 타격하더니, 그의 몸이 허공으로 솟구쳤다.

허공에서 경공으로 벗어나 보려 했으나 어느새 양쪽 허벅지를 뭔가가 관통했다.

푸푹!

놀라운 일이었다.

혈영단주는 마치 허공에 박힌 것처럼 고정이 되어서 꼼짝할 수 없었다.

고통스러운지 신음을 흘리며 혈영단주가 자신의 어깨를 보았다.

"엇?"

츠츠츠츳!

타들어가는 소리.

그것은 깊이를 헤아릴 수 없는 진기였다.

무구가 박힌 것도 아니었는데, 진기의 덩어리는 아무리 공력으로 몰아내려 해도 꿈쩍도 하지 않았다.

그런 혈영단주의 앞으로 누군가 나타났다.

긴 머리카락을 산발로 풀어헤친 한 남자였다.

"다, 당신은?"

그를 바라본 혈영단주는 당혹스러움을 금치 못했다.

오래전부터 조직에서 추적해 왔던 그자였다.

중원 곳곳에서 나타나 자신들을 방해해 왔던 그 남자가 머나면 북해까지 나타났다.

산발로 헤친 머리카락 사이로 보이는 붉은 안광.

그것은 천마 이상으로 핏빛을 연상시켰다.

"어째서 당신이 이곳에 있는 것이오?"

"글쎄?"

소름 끼치는 목소리였다.

듣는 사람으로 하여금 거부감을 일으키는 목소리에 혈영단주가 눈살을 찌푸렸다.

정체 모를 산발의 남자가 혈영단주의 코앞까지 다가왔다.

벗어나고 싶었지만 헤아릴 수 없는 진기가 그를 붙들었다.

"흐음?"

산발의 남자가 고개를 갸웃거렸다.

'대체 뭘 하려는 거지?'

의아함도 잠시였다.

산발의 남자의 손이 우악스럽게 그의 머리를 움켜쥐었다.

파치치치칙!

"끄으으으으!"

산발의 남자의 손에서 극양의 기운이 흘러들어 왔다.

혈영단주의 눈이 뒤집히고 온몸을 부르르 떨더니 칠공(七公)에서 검은 액체가 흘러나왔다.

흘러나온 액체가 땅에 떨어지자 부스스 연기가 났다.

그것은 고독이 제거되면서 나온 부산물이었다.

"켁켁!"

입안 전체를 감싸는 쓴맛에 혈영단주가 헛구역질을 해댔다.

하나 그것으로 끝이 아니었다.

타타탁!

산발의 남자가 혈영단주의 혈도를 짚었다.

그러고는 섬뜩한 목소리로 그의 귓가에 속삭였다.

"말할 입만 있으면 되니 팔다리와 눈은 떼고 간다."

오싹!

그것을 마지막으로 혈영단주는 정신을 잃고 말았다.

한편 천마는 전력으로 경공을 펼쳐 혈영단주가 남긴 핏자국을 추적했다.

생각보다 경공이 뛰어난 놈이었다.

그리 긴 시간도 아니었는데 외팔로 성인 남자 한 명을 데리고 이렇게 멀리까지 도망갔으니 말이다.

'역시 호수 쪽으로 간 건가.'

만약 배를 띄워서 갔다면 정말 쫓기 힘들어진다.

천마는 더욱 경공을 박찼다.

이윽고 눈앞에서 광활한 패가이호가 모습을 드러냈다.

"아니?"

천마가 뭔가를 발견하고 그쪽으로 신형을 날렸다.

호수 앞에 혈도가 제압되어 쓰러져 있는 자는 다름 아닌 모용월야였다.

천마가 맥을 짚어보니 목숨에 지장은 없었다.

'이게 어찌 된 일이지? 놈은 어디로 간 거지?'

천마가 주위를 둘러보았다.

그러나 그의 눈에 문득 띈 것이 있었다.

"이건?"

호수 주변의 자갈밭 앞에 널브러진 팔다리를 발견했다.

팔다리를 감싸고 있는 검은 옷은 분명 혈영단주라 불리던 자가 입고 있던 것이었다.

탁!

천마가 잘려져 있는 팔다리를 발로 툭툭 차보았다.

그 이유는 주위 어디에도 핏자국이 없었기 때문이었다.

"호오?"

천마의 입에서 탄성이 흘러나왔다.

잘린 단면의 뜨거운 열기가 식지 않은 것을 보아 열로 달궈진 무언가로 자른 듯했다.

"극양의 내공을 지닌 자의 짓이군."

아직 뜨거운 열기가 남은 것을 보아 잘린 지 얼마 되지 않았다.

탓!

천마가 용천혈로 내공을 모아 굉장한 높이의 허공에 치솟았다.

멀리 호수 저편 무렵에 작게 나룻배가 보였다.

나룻배는 노로 젓는 것도 아니었는데, 빠른 속도로 호수를 가로지르고 있었다.

심후한 내공으로 움직이는 듯했다.

"늦었군."

마음 같아서는 등평도수(登萍渡水)라도 펼치고 싶었으나, 물 위를 걷는 것은 작은 호수 정도의 거리나 가능했다.

혈교에 대한 정보들을 얻을 수 있는 절호의 기회였는데 놓쳐 버렸다.

하지만 한 가지 단서는 얻었다.

"…혈교를 노리는 적이 있군."

그것은 확신이었다.

29장

단가의 힘을 얻다

어두운 공간.

벽면 사이를 가득 메우던 촛불들의 상당수가 꺼졌다.

공간의 한복판에서 일좌를 차지하고 있던 검은 인영.

감고 있던 눈을 뜨자, 방 전체가 무거운 진기로 가득해졌다.

파르르르!

이에 바람 한 점 들어오지 않는 벽면의 촛불들이 심하게 일렁였다.

가려진 음영 사이로 비춰지는 붉은 안광에서 뿜어져 나오는 살기는 그가 얼마나 진노했는지를 알려주고 있었다.

"어떻게 된 것이냐?"

스르르!

그의 물음에 검은 복면인이 나타나 부복을 했다.

뭔가를 말하고 싶어 했지만 공간을 가득 메운 진기에 숨을 쉬는 것조차 힘들었다.

"주, 주군!"

"흥!"

그림자에 가려진 검은 인영이 두 눈을 감았다.

그러자 방 안을 가득 메웠던 무거웠던 진기가 가시면서 일렁이던 촛불도 잔잔해졌다.

"말해라."

"…북해로 갔던 혈검대가 전부 죽었습니다. 하나 아직 혈검대주의 시신은……."

"혈검대주의 촛불도 꺼졌다."

벽면에 있던 촛불 하나가 꺼진 지 얼마 되지 않았는지 약한 연기가 피어오르고 있었다.

복면인이 당황했는지 눈빛이 흔들렸다.

"이런……."

혈검대주는 화경의 극에 오른 고수였다.

엄밀히 얘기한다면 조직에서도 열 손가락에 꼽히는 고수이다.

그런 그를 잃었다는 것은 상당한 타격을 의미한다.

"혈매화의 흔적을 쫓던 혈영단주가 소멸되었다."

"넷?"

"녀석이 죽진 않았겠지만 누군가 그를 납치했을 가능성이 높다."

"설마……."

"'놈'일 확률이 높겠지."

'놈'이라는 말에 복면인의 눈빛이 심각해졌다.

그렇지 않아도 계속해서 대계를 방해하는 자였다.

단독으로 움직이는 자였기 때문에 어디서 어떻게 나타날지조차 짐작키 힘들었다.

"그렇다면 혈검대주의 죽음 역시도 그자가 개입되었을 확률이 높겠군요."

공교롭게도 그것은 오판이었다.

하지만 그들이 현재 가진 정보로 추측할 수 있는 것에는 한계가 있었다.

"더 이상 놈을 방치할 수 없군. 삼혈로와 혈귀대를 보내라."

"헛, 삼혈로까지 말씀입니까?"

삼혈로는 조직의 다섯 기둥 중에 서열이 세 번째인 자였다.

여태껏 대계의 큰 흐름에만 움직였던 자를 보내는 것이기에 복면인이 반문한 것이었다.

"언제부터 본좌의 말에 토를 다는 것이더냐."

"허헉, 어억… 크어어어."

심기가 상한 검은 인영의 경고성과 함께 복면인이 갑자기 눈을 뒤집더니 바닥으로 쓰러져 뒹굴었다.

어찌나 고통스러웠는지 가려진 복면 틈으로 거품이 일고 있었다.

한참을 바닥을 뒹굴던 복면인은 고통이 사라졌는지 다시 바닥에서 일어나 부복했다.

"쿨럭쿨럭, 명을 받들겠습니다."

복명과 함께 복면인의 신형이 스며들 듯 사라졌다.

*　　　*　　　*

며칠 사이 많은 일로 어수선했던 북해였다.

가장 큰 사건이라면 수장인 대성사와 대장로를 잃은 궁가 마을이었다.

대성사인 궁백원의 슬하에 자식이 있기는 했으나 고작 열 살에 불과한 여아였다.

'그분 외에는 방법이 없군.'

결국 남아 있는 장로들의 추대로 궁가 삼 형제의 막내인 궁회원이 궁가의 대성사 자리를 물려받게 되었다.

이미 마을 내에서도 가장 뛰어난 장인이었던 그였기에 어떠한 반대도 없었다.

덕분에 편해진 것은 천마 일행이었다.

더 이상 궁가 마을 내에서 그들을 제지하고 나서지 않았다.

"뭐라고 감사를 드려야 할지."

궁회원은 진심으로 천마에게 감사했다.

궁가 마을을 구원한 장본인이 천마라는 사실을 아는 자는 소수에 불과했다.

장로들을 비롯한 마을 사람들은 궁백원과 대장로가 자신들을 희생해서 마맥을 봉했다고 알고 있었다.

그것은 설유라의 꾀였다.

궁회원이 다시 마을로 돌아가 안착하게 하기 위한 배려였다.

고마워하는 궁회원에게 천마가 요구한 것은 단 하나였다.

"고맙거든 약조대로 내 검이나 수리해라."

천마가 근본적으로 궁회원을 도왔던 이유는 바로 현천검 때문이었다.

마맥에 봉인된 검을 다시 되찾았으나 천 년이나 방치되었던 검인지라 금이 간 것을 비롯해 검심에 손상이 가 있었다.

만년한철로 만든 검이 아니었다면 버티지 못했을지도 몰랐다.

다행스러운 점은 궁회원은 마을에서 유일하게 만년한철을 주조할 수 있는 기술을 가진 대장장이였다.

깡깡!

덕분에 궁회원의 거처는 다시 쇠를 두드리는 소리가 끊이지 않았다.

"일단 검심이 손상된 것을 확인하는 과정부터 거쳐야 해서 어느 정도 시일이 걸릴지는 그 후에 알려 드리겠소."

이로 인해서 천마가 궁가 마을에 머무는 기간이 늘어났다.

*　　　*　　　*

남자의 비율보다도 여자의 비율이 높은 마을.

그곳이 바로 단가였다.

단가 마을에는 남자의 숫자가 현저히 적었다.

그것은 가계에서 내려오는 혈통 때문이기도 했지만, 설한신공이 극음의 성향을 띠다 보니 다수의 출산이 여아로 태어나는 경우가 훨씬 많았다.

또한 단가의 혈통들은 태어날 때부터 은발이 아니었다.

설한신공의 기본공을 익히면서부터 차츰차츰 머리색이 희어지면서 은발이 되어갔다.

"그 검은 머리카락을 봤어?"

"다 자란 성인이 은발이 아니야. 신기하다."

웅성웅성!

단가의 마을은 몇십 년 만에 나타난 외지인들로 인해 어수선한 분위기였다.

의외로 장인들의 마을인 궁가 마을보다도 단가 마을이 더욱 정갈했다.

잘 닦여진 길부터 시작해 작은 성을 연상시킬 정도였다.

단가 대종사의 거처.

외인들을 맞이하는 접객실로 초대받은 천마였다.

사실 대종사가 초대한 사람은 천마뿐이었으나, 어느새 찰거머리처럼 설유라가 따라붙어 있었다.

'단설영 소저를 보고 싶군요.'

라고 하는 통에 모용월야도 덩달아 오게 되었다.

명목은 설유라의 호위였다.

하지만 정작 단설영은 천마에 대한 두려움으로 접객실로 오지 않았다.

대종사 단가려는 부상으로 안색이 창백했지만 다행스럽게도 목숨을 부지할 수 있었다.

그것은 천마가 내공으로 심맥을 보호해 줬기 때문에 가능했다.

"이렇게 늦게 초대를 해서 죄송합니다, 은공."

단가려가 불편한 몸으로 일어나 천마에게 포권을 취했다.

아무것도 모르는 설유라는 어리둥절하게 그 모습을 쳐다보았다.

빽빽!

천마가 연신 곰방대의 연기를 뿜어대더니 한마디를 툭 내뱉었다.

"후우~ 초대한 식탁이 공허하군."

그러자 단가려가 미소를 지으며 자리에 앉았다.

단가려의 옆에 있던 노파가 박수를 치자, 여러 명의 은발의 여성들이 갖은 음식이 담긴 접시를 들고 접객실로 들어왔다.

어느새 접객실의 식탁이 진수성찬으로 가득해졌다.

"뭔가 부족한데."

"그럴 리가요."

단가려가 손짓을 하자 노파가 준비해 둔 옥병을 꺼냈다.

옥병의 마개를 따자 고풍스러우면서도 향기로운 향이 방 안을 휘감으며 그들의 코끝을 간지럽혔다.

"단가에서 자랑하는 옥로주입니다."

그제야 천마의 입꼬리가 슬그머니 올라갔다.

호화로운 식사에 기분이 좋아진 것은 단연코 그뿐만이 아니었다.

실룩실룩!

자제하고 있었지만 입술을 실룩이는 설유라였다.

부상을 당한 후부터 제대로 된 식사를 해본 적이 없는 그녀였다.

식탐이 있는 것은 아니지만 오랜만에 보는 화려하고 맛난 음식을 보니 기분이 좋아졌다.

"흠흠."

그녀는 괜히 부끄러웠는지 얼굴을 살짝 붉히며 천마의 눈치를 살폈다.

그러나 천마는 이미 식사를 시작하고 있었다.

모용월야 역시도 배가 고팠는지 허겁지겁 입에 음식을 집어넣었다.

"허허, 소저, 누가 뺏는 것도 아니니 천천히 드시지요."

모용월야를 여자로 착각한 노파가 자못 재밌어 보였는지 너털웃음을 지으며 말했다.

그러자 모용월야 음식을 먹다 말고 화를 냈다.

"누가 소저라는 거얏!"

"네?"

그와 동시에 모용월야의 뒤통수로 날아오는 건 천마의 손바닥이었다.

딱!

"윽!"

"닥치고 처먹어라."

"칫!"

천마에게 제지당한 모용월야는 심통이 난 얼굴로 술잔을 들이켰다.

덕분에 접객실의 분위기가 한결 가벼워졌다.

긴 식사 시간이 어느 정도 끝나갈 무렵, 단가려가 다시 한 번 천마에게 고마움을 표했다.

"은공이 아니었다면 마을은 더욱 위기에 빠졌을 겁니다."

그녀가 이렇게까지 고마워하는 이유는 무엇일까.

그것은 공동에서 있었던 일 때문이었다.

'정말 놀라운 분이야.'

단가려가 그 당시를 떠올렸다.

마맥이 폭주하면서 절망에 빠졌던 그녀였다.

그런데 천마가 마기가 폭주하는 마맥의 한가운데로 가더니 궁가의 보검인 운암검을 꽂아버렸다.

'아!'

운암검 역시도 만년한철로 만들어진 보검이었다.

'금이 간 검을 대체하려는 것인가?'

하지만 운암검을 꽂아 넣었음에도 불구하고 여전히 마기는 폭주를 그치지 않았다.

천마는 전혀 당황하지 않았다.

갑자기 그의 몸에서 새하얀 선기가 발현했다.

운암검에 선기가 스며들자 놀라운 일이 일어났다.

쿠쿠쿠쿠!

폭주하던 마기가 어느새 가라앉기 시작한 것이었다.

숨이 막힐 것 같이 폭주하던 마기는 어느새 공동 내에서 사라졌다.

그러나 이미 흔들리고 무너져 가는 공동은 어찌할 도리가 없었다.

'은공이 부상 입은 나를 밖으로 데려와줬지.'

단가려는 그런 천마에게 진심으로 감사했다.

식탁의 음식들이 치워지고 차를 마시는 자리로 옮겼다.

대종사의 거처 자택의 뒤편 후원에는 있는 작은 전각이었다.

"아직 더… 더 먹을 수 있… 우웩!"

뭔가를 잔뜩 올리는 소리가 났다.

"아으으으으!"

모용월야가 잔뜩 구겨진 얼굴로 신음성을 흘렸다.

그의 등 뒤에는 설유라가 업혀 있었다.

모용월야의 어깨에는 설유라에게서 나온 토사물이 잔뜩 묻어 있었다.

"고작 한두 잔 마시고 뻗다니, 쯧쯧."

천마가 그녀를 바라보며 한심하다는 듯이 혀를 찼다.

연회에서 취기로 정신을 못 차리던 설유라는 괜찮다며 후원까지 따라 나왔지만, 전각에 들어가기도 전에 고꾸라지고 말았다.

"에이, 냄새난다. 얼른 데리고 가버려!"

천마가 손을 휘휘 저으며 가라는 시늉을 했다.

결국 모용월야는 똥을 씹는 표정으로 설유라를 데리고 단가려가 마련해 준 숙소로 들어가야만 했다.

작은 전각에 남은 사람은 천마와 단가려뿐이었다.

"후우~"

곰방대를 물은 천마의 입에서 자욱한 담배 연기가 흘러나왔다.

천마가 의미심장한 눈빛으로 단가려에게 말했다.

"어이, 다 갔으니 이제 본래의 용건을 말하시지."

"…역시 눈치채셨군요."

단가려의 눈에 이채가 띠었다.

그녀는 마치 이 순간을 기다려 왔다는 듯, 천마를 향해 정중하게 포권을 취했다.

그리고 단가려의 입에서 나온 말은 놀랍게도,

"단가의 대종사가 고명하신 천마님을 뵙습니다."

단가의 대종사 단가려는 천마의 정체를 알고 있었다.

천마의 오른쪽 눈썹이 치켜 올라갔다.

정체를 밝힐 생각은 없었는데, 단가려는 어떻게 그의 정체를 알게 된 것일까.

"…호오? 놀랍군."

천마의 부정하지 않는 말에 단가려의 입에서 탄성이 튀어나왔다.

"아! 역시!"

그녀는 내심 반신반의하는 마음으로 말을 한 것이었다.

사실 천마가 끝까지 부정하고 든다면 억지로 몰아세울 수 없는 부분이었다.

하지만 천마는 스스로를 숨기지 않았다.

"어떻게 안 거지?"

천마의 물음에 단가려가 빙그레 웃으며 말했다.

"공동에 있을 때, 그 흉터의 남자의 말을 들었거든요."

"아……."

공동에 있을 당시 흉터의 중년인이 숨을 거두기 전에 남긴 말이 있었다.

"십만대산의 주인이자 만마의 시초. 그대는… 그대는……."

그 당시 단가려는 굉장한 충격을 받았었다.

자신이 잘못 들은 것이 아닐까, 하는 착각마저 들었다.

무림에서 십만대산의 주인이자 만마의 시초라는 칭호를 가진 자는 단 한 명뿐이었다.

천 년 전, 무림 최대의 단체인 마교를 창시했던 조사 천마.

아무리 외부와 단절된 단가였지만 과거에는 무림과 연이 이어져 있었다.

"그것만으로 확신하기는 어려웠을 텐데?"

"당연하죠. 하지만 당신의 그 신비한 힘은 인간이 낼 수 있는 기운이 아니었어요."

아직도 기억에 선명했다.

공동 전체로 퍼져 나가는 선기(仙氣).

그것은 무의 끝을 지향하는 단가려조차 접해보거나 상상조차 해본 적이 없는 기운이었다.

'이렇게 살기 가득한 자가 어찌 저런 맑은 기운을?'

천마는 마도에서 유일하게 우화등선을 했다.

무림사에 있어서 가장 기이한 일로 기록되어 무림 사가들에 의해 갑론을박이 여전히 이뤄지고 있는 사건이었다.

어쩌면 그가 선인으로서 인계에 현신한 것이 아닐까 추측하게 된 그녀다.

"그리고 중요한 건 천마님에 관련된 것은 단가의 사기(事記)에 잘 나와 있죠."

"단가의 사기?"

"저희 단가의 대소사를 잘 기록한 사기죠."

"후우~ 그게 어쨌다는 거지?"

천마의 입에서 뿜어져 나온 연기가 전각을 가득 메웠다.

"현천검은 원래의 주인이었던 천마님의 마기를 흡수해 주조되어서 다른 누구도 건드릴 수 없는 검으로 알고 있습니다."

단가려의 말에 천마의 눈에 이채가 띠었다.

그녀의 말이 맞았다.

태어나자마자 마맥을 봉해지는 데 쓰였기에 아무도 모르는 비밀이었다.

천 년 전, 당시 대성사는 그에게 맞는 최고의 검을 만들기 위해 검심에 천마의 마기를 주입시켰다.

천마의 마기를 흡수하고 탄생한 현천검은 그만을 위한 검이었다.

타인이 검을 만지기만 해도 마기가 육신을 침식해 자칫 주화입마를 입게 만든다.

"더군다나 천 년 동안이나 마맥에서 흘러나온 마기까지 머금은 그 검은 누구도 만질 수가 없었죠."

여러 대성사들이 현천검을 수리하기 위해 검에 접촉했으나 오히려 주화입마만 입고 말았다.

심지어 무공이 제일 약했던 팔 대 대성사는 목숨을 잃기도 했다.

“그 검을 다룰 수 있는 것만으로도 충분히 천마님이라 짐작할 수 있죠.”

“구질구질하게 별걸 다 기록해 놨군.”

이 정도까지 상세하게 알고 있으리라고는 생각하지 못한 천마였다.

생각보다 단가려는 여우와 같이 영민한 여자였다.

단순히 무공만 뛰어난 여자가 아니었다.

“그리고… 단설하.”

천마의 눈빛이 바뀌었다.

그 이름은 천마의 하나뿐인 아내의 이름이다.

천마가 한 평생 유일하게 사랑했던 여인의 이름은 듣기만 해도 가슴이 저려왔다.

“이 대 대종사의…….”

“거기까지 하지.”

천마가 그녀의 말을 잘랐다.

단가려가 살짝 그의 눈치를 보다 미소를 지었다.

말을 자르긴 했으나 천마가 딱히 심기가 상한 것은 아닌 듯했다.

“충분히 알아들었다. 계집, 네 말대로다.”

“역시 그러셨군요. 그러하다면 더더욱 인사를 드려야 마땅

합니다."

그녀가 천마에게 고개를 숙였다.

물론 엄밀히 얘기한다면 피가 섞이지 않았지만, 과거 천마와 인척 관계인 단가였다.

단가로서는 높은 어른과 같은 자가 바로 천마인 것이다.

그런 어른에게 도움을 받았으니, 그녀의 마음이 남다른 것은 당연했다.

"쯧, 귀찮군."

현천검만 찾아서 조용히 떠나려 했던 천마였다.

그런데 자신의 정체마저 눈치챘으니 난감하기 짝이 없었다.

그런 천마에게 단가려가 진중한 눈빛으로 물었다.

"천마님께서는 이곳에 현신한 까닭은 역시 다시 부활한 혈교를 없애기 위해서입니까?"

오싹!

그녀의 말에 천마의 동공이 붉게 물들었다.

미묘하게 흘러나오는 살기였지만 순간 온몸에 소름이 돋을 정도였다.

"다시 부활했다… 라?"

천마 역시도 어렴풋이 짐작했었다.

모용세가에서부터 계속해서 나타나는 혈교의 흔적들.

그것은 천마에게 확신이 들게 만들고 있었다.

혈교의 부활.

단순히 잔당들이 나타난 것이 아닌 진정한 부활은 의미하는 바가 컸다.

다시 한 번 무림이 피로 물들 수도 있었다.

'역시 혈교를 증오하시는구나.'

그러나 다음 반응은 전혀 달랐다.

"재미있군. 크크크크큭."

"아?"

천마가 웃자 영문을 모르는 그녀는 당황스러웠다.

그러나 단순히 웃는 걸로 끝난 것이 아니었다.

방금 전만 하더라도 미묘하게 흘러나오던 살기가 강렬하게 뿜어져 나오는 것이었다.

어찌나 그 기세가 살벌했는지 순식간에 전각 주위로 숨어 있던 열 명의 은발의 고수가 나타났다.

"대종사!"

열 명의 은발의 고수는 대종사의 직속 호위 무사들이었다.

그들의 얼굴에는 하나같이 긴장감으로 가득했다.

'이게 정녕 인간의 살기인가?'

귀신이 실제 한다면 이러한 기운을 지닌 것일까.

만약 이자가 작정하고 대종사를 노린다면 지킬 자신이 없었다.

"괜찮습니다. 물러들 나세요!"

단가려가 자리에 일어나 타이르듯이 그들을 물렀다.

하지만 부상을 당한 대종사를 놔두고 물러난다면 호위무사의 체면이 말이 아니었다.

"하나… 대종사!"

"괜찮습니다. 단지 심기가 언짢으신 겁니다."

"크흠."

그녀의 말을 의식하기라도 했는지 천마의 살기가 수그러들었다.

천마는 괜히 무안했는지 헛기침을 했다.

천 년이나 수양을 했는데도 분노를 조절하는 것만큼은 쉽지 않았다.

"보았죠."

"…알겠습니다."

호위 무사들이 다시 신형을 감췄다.

애초부터 시야에서만 보이지 않게 은신해 있던 그들이다.

궁가의 호위 무사들보다도 실력이 뛰어나 어지간한 고수들은 찾기 힘들 정도였다.

물론 천마는 숨을 쉬는 것처럼 그들의 위치가 느껴졌다.

"제가 괜히 천마님의 심기를 불편하게 만들었군요. 죄송합니다."

그녀가 사과를 하자 천마가 손을 휘저었다.

신경 쓰지 말라는 의미였다.

"뭐, 신경 쓸 것 없다. 그보다도 궁금한 게 있다."

"뭐지요?"

"외부랑 단절되어 있는 단가가 어떻게 혈교에 대해서 알고 있는 거지?"

천마가 있던 시절에도 외부와 연이 닿아 있긴 했어도 무림의 대소사에는 관여하지 않았던 단가였다. 그런 단가가 혈교를 알고 있으니 천마로서는 의문이 들 수밖에 없었다.

"하아, 이야기가 길어질 수도 있는데, 괜찮겠습니까?"

단가려가 안 좋은 기억이라도 떠올렸는지 씁쓸한 얼굴로 물었다.

"짧게 간추려라."

"…알겠습니다."

누군가의 사연이 긴 것은 질색인 천마였다.

지금으로부터 사십여 년 전.

단가와 궁가가 조약을 맺고 단절되기 전의 일이다.

두 마을이 서로 척을 지기 전에도 마을은 외부와 단절된 지 꽤 오랜 시간이 지났다.

자그마치 이백여 년도 더 된 일이었다.

"이백 년? 꽤 오래되었군."

"한철이나 만년한철로 된 무기를 얻기 위해 막무가내로 오는 일이 빈번했기 때문에 내려진 결정이었죠."

무림인들은 최고의 무기를 원한다.

그로 인해 궁가와 단가가 입은 피해는 막대했다.

결국 그들이 택한 것은 외부와의 단절이었다.

외부와 단절을 결정한 그들은 마을의 위치를 숨겼고 잠적했다.

수많은 이들이 그들의 마을을 찾아내려 했지만 허탕만 치고 그렇게 이백여 년의 세월이 지나면서 북해는 무림인들의 뇌리 속에서 지워져 갔다.

"그러던 어느 날 그 사건이 일어났죠."

그 당시에 단가려는 고작 열 살의 어린 나이였다.

그때 유명했던 사건이 있었다.

궁가의 삼형제 중에 대성사로 내정되어 있던 둘째 궁회원의 가출이었다.

아무리 외부와 단절된 궁가였지만, 가출한 아들을 나 몰라라 할 수는 없는 노릇이었다.

"궁가에서는 추적술에 출중한 장로를 파견해 아들을 추적케 했죠."

궁회원은 아직 어렸기에 도망쳐 봐야 얼마나 갈 수 있을까 여겼던 궁가였다.

"문제의 발단은 여기서 일어났죠."

이야기를 하는 내내 단가려의 얼굴은 무섭게 굳어 있었다.

궁회원이 가출한지 일 년이 지난 어느 날이었다.

"궁가의 장로가 마을로 돌아왔죠."

으득!

그녀가 이를 꽉 깨물었다.

마을로 돌아온 것은 궁가의 장로만이 아니었다.

수많은 복면인과 붉은 안광을 내뿜는 정체 모를 고수와 함께했다.

그들은 닥치는 대로 마을 사람들을 죽였고, 한철과 만년한철로 만들어진 무구들을 훔쳤다.

이를 막기 위해 대종사 단미려를 비롯한 단가의 고수들이 나섰으나 중과부적(衆寡不敵)이었다.

복면인들 하나하나가 절정 이상의 고수들이었다.

그리고 수장으로 보이는 붉은 안광을 내뿜는 고수는 최악의 괴물이었다.

"…그자는 말 그대로 괴물이었어요. 당시 대종사였던 선대께서 고작 몇 초식을 버티지 못하셨으니까요."

그때가 선명하게 떠올랐는지 그녀의 눈시울이 붉어졌다.

단가의 대종사인 단미려를 죽인 붉은 안광의 고수는 자랑스럽게 말했다.

"네년의 목숨은 본 혈교의 부활의 초석이 될 것이다."

그 말과 함께 붉은 안광의 고수는 그녀의 시신을 수습해 단가의 빙월검을 가지고 사라졌다.

어린 단가려가 그것을 막기 위해 달려들었으나 소용이 없었다.

붉은 안광의 고수는 그녀에게 씻을 수 없는 고통과 상처를 남겼다.

"흠?"

그녀가 상의의 옷을 어깨 밑까지 내려 보였다.

단가려의 우측 가슴 상단에는 무시무시한 검상이 남아 있었다.

검상을 살펴본 천마의 눈빛이 가늘어졌다.

"…혈마검법이군."

"역시 알고 계시군요."

그자가 자랑하는 삼대 절기 중에서 가장 잔인한 초식들로 이루어진 검법이었다.

고작 열 살에 불과한 소녀에게 혈마검법을 펼쳤다는 것은 그 잔인함과 냉정함이 이루 말할 수 없었다.

"그런데 어떻게 살아남았지? 이 상처면 필시……."

"천운이라고 해야 할까요."

붉은 안광의 고수가 사라진 지 얼마 되지 않았을 때였다.

아비규환이 물든 마을에 갑자기 정체를 알 수 없는 자가 나타났다.

정체 모를 자는 태풍과도 같이 마을 안에 있던 복면인들을 제압했다.

"그분이 아니었다면 궁가와 단가는 살아남을 수 없었을 거예요."

"그분이라… 그게 누구지?"

"…잘 모릅니다."

"뭘 모른다는 거냐?"

단가려의 알 수 없는 말에 천마가 되물었다.

하지만 그녀가 이렇게 말을 하는 데는 이유가 있었다.

"그분은 스스로에 대해서 말씀해 주지 않으셨죠. 은인이라고 제발 가르쳐 달라고 했지만 극구 사양하셨죠. 단지 스스로를 이미 죽은 자라고만 말씀하셨습니다."

"뭣? 죽은 자?"

어디서 많이 들어본 말이었다.

잠시 곰곰이 생각에 잠겼던 천마가 물었다.

"설마 혹시 그자가 맹인이었나?"

"맞아요! 그분께서는 두 눈이 없으셨죠. 얼굴을 붕대로 감싸고 계셨는데 꼭 시신이 썩는 냄새가 났었습니다."

"핫?"

역시 천마의 짐작이 맞았다.

그는 괴의 사타를 구해주고 의술을 가르쳤다는 그자가 틀림없었다.

그런데 대체 누구이이기에 이번에는 북해까지 나타나 단가와 궁가 사람들을 구해준 것일까.

"그분께서는 뛰어난 의술로 저와 마을 사람들을 치료해 주셨죠. 심지어 마을을 두르고 있는 진법도 그분께서 만들어주신 거죠."

"이 진법을 말인가?"

오감을 속일 정도의 정교한 진법을 구축한 자는 바로 그 맹인이었다.

뛰어난 무공과 의술을 비롯해 놀라운 진법을 구축할 능력마저 지녔다.

천마조차도 그 정체를 짐작키 힘든 놀라운 인물임이 틀림없었다.

"놀라운 분이셨죠."

정체를 알 수 없는 맹인의 도움을 받은 단가는 그날 후로 궁가와 척을 지게 되었다.

뿌리가 같고 선조 대대로 함께했기에 서로를 해할 수 없었지만, 명백히 궁가의 실책으로 수많은 목숨을 잃었기에 그들을 용서하기 힘들었다.

결국 조약을 통해 마을이 떨어지게 되었고, 마맥을 봉하고 있는 현천검과 관련된 사항이 아니면 접촉하지 않게 된 것이다.

"사실 더욱 용서할 수 없는 건 궁가의 태도죠. 우리 단가에서 빙설검을 뺏기지 않았다면 당연히 금이 간 현천검을 대신했을 겁니다."

누구도 인신 공양을 원하는 사람은 없었다.

하지만 그 외에 마을을 구할 방법이 없다는 것이 문제였다.

"처음에는 궁가에 요청을 해봤죠."

그러나 궁가는 달랐다.

혈교의 무리들이 북해를 침공했을 때, 전대 궁가의 대성사는 목숨을 걸고 운암검을 숨겼다.

북해에서 유일하게 남은 만년한철이 바로 운암검이었음에도 불구하고, 마맥이 터지는 것을 막을 생각 따윈 없었다.

"웃기는 작자들이죠. 사람을 구하기 위해 그깟 검 하나 희생하는 게 뭐가 어렵다고 말이죠."

단가려의 말에 천마가 피식하고 웃었다.

두 마을이 전부 썩었다고 생각했었는데, 그것은 아닌 모양이었다.

"천마님이 아니셨다면 마을에 재앙이 닥쳤을 겁니다."

천마는 폭주하는 마맥에 운암검을 꽂음으로써 다시 봉했다.

하지만 천 년이나 막혀 있던 것이 뚫렸기에 그 폭주하는 여파를 잠재우기 위해서 선기를 주입시켜서 마기의 폭주를 막았던 것이다.

궁가의 대성사가 그렇게 운암검을 지키려 애를 썼으나 결국 현천검을 대신하게 된 것을 보면 참으로 공교롭다고 할 수 있었다.

탁!

"응?"

단가려가 자리에서 일어나 천마의 앞에 무릎을 꿇었다.

부상이 낫지 않아 거동이 불편함에도 그녀는 머리를 숙였다.

"마을을 구해주셔서 감사합니다."

"…의도한 것이 아니니 일어나라."

"그렇다 해도 은혜를 입은 것은 확실합니다."

그녀는 은원 관계에 있어서 확실한 여자였다.

"궁가에서처럼 저희가 주조 기술을 가진 것은 아니지만, 적어도 무공에 능한 자가 많다고 자부합니다."

그것은 천마도 충분히 느끼고 있었다.

단가로 들어오면서 천마는 마을 곳곳에서 절정의 고수들의 기운을 감지했다.

궁가와는 비교가 되지 않을 정도로 고수가 많았다.

사십여 년 전 혈교의 습격 이후 단가는 고수의 필요성을 느꼈다.

단가려는 중요한 결의를 내렸다. 대종사의 직계만 익힐 수 있는 설한신공의 구결을 마을로 전파한 것이다.

덕분에 마을 사람의 칠 할 이상은 설한신공의 육 성 이상은 익힌 상태였다.

이것은 어지간한 구파일방의 저력과 맞먹을 정도의 세력을 구축했다고 할 수 있었다.

"무엇을 원하는 것이냐?"

이미 그녀의 태도에서 짐작 가는 바가 있으나 천마가 물었다.

단가려가 결단에 찬 눈빛으로 말했다.

"혈교와의 전쟁에 저희 단가도 돕게 해주세요."

"…그 과정에서 많은 피를 볼 텐데 후회하지 않을 자신이 있나?"

"바라는 바입니다."

단가의 사람들은 아직까지 그 원한을 잊지 않았다.

그들은 혈교에 부모, 형제와 자식을 잃었다.

"훗, 좋다."

"감사합니다! 천마님을 따르겠습니다!"

천마가 만족스럽다는 듯이 입꼬리를 올렸다.

현천검을 되찾기 위한 여정이 의도치 않게 중원에서 북해빙궁이라 불리는 단가의 힘을 얻게 되었다.

'하지만 쉽게 넘어갈 일은 아니군.'

단순히 현 무림의 세태가 검문만의 문제로 치부할 일이 아니었다.

어쩌면 이면 깊숙이 혈교가 개입해 있을 확률도 높았다.

작은 실마리들이 모일수록 그것은 단순히 추측이 아닌 확신으로 변해갔다.

*　　　　*　　　　*

지끈거리는 머리.

울렁이는 속내.

설유라가 깨어난 것은 다음 날 오후 무렵이었다.

숙취에 시달리며 그녀는 목침을 붙잡고 얼굴을 파묻고 있었다.

귀까지 빨개져서 어쩔 줄 몰랐다.

'어떡해! 어떡해!'

깨어나자마자 자신이 보였던 추태가 너무도 선명하게 떠올리고 말았다.

취한 것까지도 백번 양보해서 약해진 모습을 보였다고 생각하면 좋았다.

하지만 천마의 앞에서 토하는 모습까지 보였다.

"아아아아악!"

그녀는 쥐구멍이라도 찾아서 들어가고 싶은 심정이었다.

한참을 괴로워하는 그녀의 숙소 방문을 누군가 두드렸다.

쾅쾅!

"설 소저!"

어찌나 세게 두드리면서 부르는지 그녀가 화들짝 놀라 정도였다.

"누, 누구세요?"

"저 모용월야입니다!"

방문을 두드린 사람은 바로 모용월야였다.

그의 다급한 목소리는 뭔가 큰일이 일어났음을 암시하고 있었다.

불길한 느낌에 그녀는 서둘러 옷을 갈아입었다.

급하게 옷을 갈아입은 그녀는 단가의 무사들의 안내를 받아 마을 밖으로 경공을 펼쳐야만 했다.

한참을 경공을 펼쳐서야 광대한 패가이호의 서쪽에 도달

했다.

"저쪽만 넘으면 됩니다!"

서쪽 능산 하나를 넘는 순간 설유라는 충격에 휩싸이고 말았다.

코를 찌를 듯한 역한 냄새에 절로 인상이 찌푸려질 정도였다.

"하아, 미쳤구만."

정신세계가 남다른 모용월야조차도 할 말을 잃을 정도의 광경이었다.

헤아리기 힘든 시신의 숫자.

그것은 몇백 구를 넘어서 천 단위에 이르고 있었다.

털썩!

설유라는 다리에 힘이 풀렸는지 바닥에 무릎을 꿇고 말았다.

그녀가 놀라는 데는 이유가 분명했다.

이들이 입고 있는 복색은 감숙성 북부에 주둔해 있던 검문산하의 정예들이었다.

"어, 어떻게 이런 일이……."

시신이 썩는 냄새를 비롯해 파리와 구더기가 들끓는 것을 보아선 이미 사태가 벌어진 지 상당한 시일이 흐른 듯했다.

천 명에 이르는 이들은 다름 아닌 북해 정벌의 후발대였다.

선발대와 합류해서 북해를 침공하려 했던 이들이 이렇게 싸늘한 주검으로 발견된 것일까.

이것을 발견하게 된 것은 불과 몇 시진 전에 불과했다.

마을의 주위에만 방어선을 구축한 궁가와 달리 단가는 상당히 넓은 경계 지역을 구축하고 있었다.

주기적으로 북해 반경의 몇 백리까지도 정찰 경계를 펼친다.

"저희가 도착했을 때부터 시신이 방치된 지 꽤 시일이 흐른 듯했습니다. 한바탕 전쟁이라도 벌였던 것 같습니다."

은발의 젊은 무사의 말에 그녀는 아무런 말도 하지 못했다.

충격적이긴 했으나, 엄밀히 이 시신들은 북해를 침공하려 했던 정예병들이었다.

"몽고의 기마 부족들과 전투라도 벌였던 걸까요?"

충분히 가능성이 없는 이야기는 아니었다.

다만 이곳 북쪽까지 몽고의 기마 부족이 넘어올 확률이 너무 적었다.

"대체 어떤 곳에서 이런 짓을……."

선발대가 전멸한 것도 모자라서 후발대까지 전멸했다.

검문의 당찬 여제자인 설유라에게 있어서 뼈아픈 실책이라 할 수 있었다.

그녀가 의도하지 않았지만 북부의 정예를 잃은 것은 검문에 상당한 타격이었다.

탁! 데굴데굴!

"꺅!"

순간 그녀의 앞으로 수급 하나가 떨어졌다.

갑자기 떨어진 통에 놀란 그녀가 뒤로 엉덩방아를 찧었다.

당황했던 설유라가 눈을 흘기며 자신에게 수급을 던졌던 자를 쳐다보았다.

그는 바로 천마였다.

"사, 사마 공자, 언제 오신 거죠?"

"너보단 한참 전에 도착했지."

그의 말대로 천마는 그녀가 도착하기 반 시진 전에 도착해 있었다.

천마가 이곳에 도착해서 가장 먼저 한 것은 시신들의 상흔을 살펴보았다.

그리고 천마는 놀라운 결과를 발견했다.

"어떤 곳이 아니라 어떤 놈이다."

"넷? 그게 무슨 말인가요?"

설유라가 영문을 모르겠다는 듯이 물었다.

"멍청하긴."

천마의 거친 말투에 설유라가 뾰로통해진 표정으로 되물었다.

"제대로 설명이나 해주시죠."

"단체가 아니라 한 놈이 저지른 짓이란 거다."

"…이걸 단 한 사람이 벌인 거라고요?"

설유라는 이해가 가지 않는 얼굴로 주위를 둘러보았다.

차가운 바람이 부는 북해의 대지에 펼쳐진 참혹한 광경.

이것을 단 한 사람이 벌였다고 하기에는 도무지 믿기지가 않았다.

"사마 공자! 대체 무슨 기준으로 그런 말씀을 하시는 거죠?"

"시신들에 난 검흔들을 잘 살펴봐라."

천마의 말에 설유라는 잠시 멈칫하다 결국 시신들을 살피러 다가갔다.

한 시신만으로도 그 냄새가 역한데, 천 구에 달하는 시체의 부패된 냄새는 머리가 어지러울 지경이었다.

옷소매로 코와 입을 막고 다가간 그녀는 조심스럽게 시신을 상흔들을 살폈다.

한참을 살피던 그녀의 동공이 흔들렸다.

그녀는 역한 냄새도 잊고 사방에 널려진 시신들을 살피기 시작했다.

"마, 말도 안 돼."

많은 시신들.

그것들에는 공통점이 있었다.

동일한 검흔에 의한 사인을 지니고 있다는 점이었다.

단 한 사람이 천 명을 벤다는 것이 과연 가능할 일일까.

그것도 검문 산하에서 일류 고수들로 이루어진 정예들이었다.

개중에는 절정의 고수들도 껴 있다.

"있을 수 없는 일이에요. 이건 사부님께서 오셔도 불가……."

능하다고 말하고 싶었다.

일당백이라는 말은 무림인에게 가장 어울리는 말이다.

하지만 같은 무림인을 상대로 일당백을 상대하는 것은 어지간한 격차가 있지 않고는 불가능한 일이었다.

실질적으로 전쟁터가 아니고는 천 명을 상대할 일이 어디 있겠는가.

검문이 무림 정벌을 할 때조차도 시도해 보지 못한 일이었다.

"뭐, 불가능하진 않지."

"불가능하지 않다고요?"

"그만큼 압도적인 무력 차가 있어야 가능하긴 하지만."

천마가 판단했을 때, 천 명의 정예를 상대하는 것이 불가능하진 않다.

그만큼 이 처참한 일을 자행한 자의 무위는 상상을 초월했다.

"검흔들에 특별한 초식이 없다. 말 그대로 흘러가는 대로 검을 펼친 거다."

"흘러가는 대로 펼쳤다는 건?"

"검으로 무아지경의 경지에 오른 자다. 검흔에서 흘러나오는 기에 막힘이 없다는 것은 화경을 넘어선 고수란 거지."

"혀… 현경의 고수!"

현경의 고수라는 말에 설유라의 얼굴이 딱딱하게 굳어졌다.

현경(玄境).

당금 무림에 있어서도 다섯 명만이 그 경지에 올랐다고 알려져 있다.

오황들만이 오른 절대적인 경지로, 현경에 오른 무인들은 가진 바의 내공뿐만이 아니라 대자연에서 기를 끌어다 쓰기 때문에 내공에 구애를 받지 않는다.

시신들에서 풍겨져 나오는 잔향과도 같은 기의 흐름은 모든 시신에 일정하게 남아 있었다.

"그렇다면 이곳에 오황이라도 강림했다는 건가요?"

"글쎄……."

가장 확실한 것은 오황 중에 한 명이 나타났다는 설이다.

하지만 오황들은 각자가 활동 지역을 잘 벗어나지 않는다.

그녀의 사부인 북검황을 비롯해 남마검, 서독황이 있는 위치는 사전 정보가 확실하다.

'왜냐하면 서독황이 있는 백타산을 치기 위해 서부 지역의 검문 산하의 정예병도 움직였으니깐.'

그렇다면 가장 높은 확률은.

"동… 검귀!"

"뭐지? 그놈은?"

천마의 물음에 설유라가 황당하다는 표정으로 바라보았다.

아무리 사마세가 내에서만 거주했다지만 무림의 사정에 대해서 너무 무지하다.

"동무림에서 일인자로 불리는 자예요. 단지 그는 다른 오황들과 달리 유일하게 세력을 구축하지 않은 정체불명의 인물이죠."

동검귀(東劍鬼).

그가 언제부터 무림에서 활동했는지 아는 자가 없다.

단지 상해 혈사로 인해 처음 그 존재를 드러냈다.

상해에서 모인 동무림의 중소 네 문파의 회합 장소에 나타난 그는 닥치는 대로 학살을 했다고 한다.

그 수가 자그마치 삼백여 명에 달했다.

관(官)에서도 이를 심각히 여겨 그에 대한 포상금을 걸었지만 어느 누구도 성공한 이가 없었다.

"도전했던 이 중에서 살아남은 자가 없었으니깐요."

존재에 대한 흔적조차 없는 그가 남긴 것은 오직 검상을 입힌 시체뿐이었다.

그로 인해 그를 무림인들은 검귀라고 불렀고 혹은 살성(殺性)이라 칭하는 이도 더러 있었다.

"별 희한한 놈이로군."

"네… 그렇죠."

만약에 그가 세력을 구축한 이였다면 검문의 대대적으로 나섰을 것이다.

하지만 아무리 강하다고 하나 일개 무인 한 명을 제압하기 위해 거대 문파 전체가 나서는 것은 모양새가 좋지 못했다.

"그런데 이놈이 그 동검귀라고 확신할 수 있나?"

"네?"

"그놈이 이곳까지 와서 이런 짓을 자행할 단서가 있냔 말이다."

정곡을 찌르는 천마의 말에 설유라의 말문이 막혔다.

천마의 말대로 단지 현경의 고수라는 실마리만으로 확신하기에는 아무런 단서가 없었다.

무림에는 별별 호사가들과 숨은 기인이사들이 많다.

또 다른 현경의 고수가 없을 거라고 단정 짓기도 힘들었다.

"그건… 사마 공자의 말이 맞아요. 뭐라고 확신할 수 있는 어떠한 것도 없네요."

단지 그녀가 확신할 수 있는 것은 단 하나였다.

이 사실을 어떻게든 무림맹, 아니, 검문과 자신의 사부인 검황에게 전달해야 했다.

심각해하는 그녀를 뒤로하고 천마는 묘한 미소를 짓고 있었다.

"크큭."

참으로 흥미진진해져 가는 상황이었다.

검흔을 살피면서 천마는 단순히 놀라움보다 호승심에 불타올랐다.

'이 녀석, 생전의 검성과 맞먹는 실력을 지녔다.'

누구의 소행인지는 모르나, 검흔에 남겨진 정보는 검성과 자신에 비견해 보아도 전혀 손색이 없는 엄청난 검술 실력이었다.

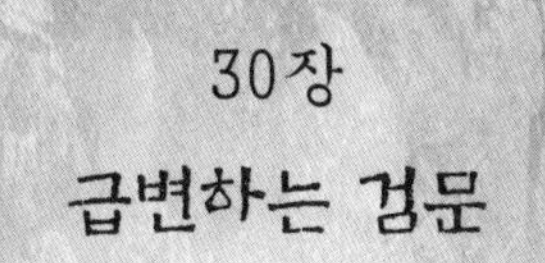

30장

급변하는 검문

며칠이 지난 후, 설유라는 북해를 떠나기로 결심했다.

그녀는 북해를 떠나기 전에 천마에게 함께 검문으로 갈 것을 권했다.

하지만 돌아온 것은 단호한 거절이었다.

현천검의 수리를 기다리고 있었던 것도 있지만, 애초에 목적지가 동일했고 정보를 수집하는 차원에서 북해빙궁의 선발대로 합류했던 천마였다.

꾸준한 선천공의 운기를 통해 경공을 펼칠 수 있을 만큼 내상이 호전된 그녀였다. 그렇다고 해도 혼자서 몽고의 초원 지대를 넘기는 힘들었다.

"네놈이 같이 가라."

모용월야의 입장에서는 거절할 이유가 없었다.

지긋지긋한 이곳에서 벗어나고 싶은 것도 있지만 무서운 천마에게서 한시라도 떨어지고 싶은 심정이었다.

"정말 함께하지 않으실 건가요?"

떠나기 전 아쉬운 마음에 그녀는 재차 천마에게 동행을 권유했다.

하루가 갈수록 천마를 향한 마음이 깊어지는 그녀였다.

천마는 아무런 대꾸도 하지 않고 자리를 떠났고, 결국 설유라는 모용월야와 함께 북해를 떠나야만 했다.

설유라가 떠나고 거처를 단가로 옮겼던 천마가 궁가 마을을 방문했다.

궁회원을 만나기 위해서였다.

열기가 넘치는 궁회원의 대장간은 일정한 쇳소리가 울려 퍼지고 있었다.

궁회원은 상의를 탈의하고 땀을 뻘뻘 흘려가며 작업의 몰두하는 중이었다.

그런 그에게 천마가 물었다.

"내 검은 어떻게 되어가고 있지?"

"으헉! 깜짝이야."

쨍그랑!

인기척도 없이 뒤에서 나타나는 통에 놀란 궁회원이 왼손으로 고정하던 쇳대를 놓쳤다.

몇 번을 만나도 도무지 적응이 되지 않는 남자였다.

"오, 오셨으면 인기척이라도 내주지 그러셨소."

"언제부터 그딴 걸 바란 거냐."

"…크흠."

천마의 말에 괜히 자신이 민망해지는 궁회원이었다.

궁회원의 얼굴은 전과 비교해 상당히 신수가 좋아졌다.

마음의 걱정을 덜어서인지 한층 밝아졌다는 표현이 어울렸다.

"거, 검이 완전히 수리가 되려면 못해도 두 달 정도의 시간이 필요하오."

"두 달?"

생각보다 오래 걸렸다.

이미 완성된 검을 수리하는 과정이기에 그리 긴 시간이 소요되지 않을 거라 생각했던 천마였다.

'어차피 잘된 건가.'

문득 천마는 이렇게 된 것이 전화위복이라 여겨졌다.

본인의 의지와 상관없이 어찌 되었든 두 달을 소비해야만 했다.

그런데 그 두 달을 마냥 보낼 필요는 없었다.

'그렇지 않아도 마기를 다스리고 무공을 점검할 시간이 필요했으니.'

현천검에서 흡수한 마기를 아직 완전히 흡수하지 못한 천마다.

마기를 제대로 흡수해서 현천신공과 조화를 이뤄야 했다.

"좋다. 두 달 뒤에 다시 오도록 하지. 확실히 수리해라."

"아, 알겠소."

수리하기로 이미 약조했지만 뭔가 강조를 하니 잔뜩 부담감이 높아지는 궁회원이다.

그렇게 결정한 천마는 다시 단가로 돌아왔다.

오자마자 천마는 곧장 단가려의 거처로 쳐들어갔다.

"처, 천마님, 무슨 일로?"

"두 달 동안 먹을 식량과 물이 필요하다."

"네?"

뜬금없이 찾아와서 식량을 요구하니 단가려는 영문을 모를 따름이었다.

하지만 천마가 폐관 수련에 들어가려 한다는 것을 알자, 마을 사람들을 시켜 그의 요구 사항을 준비하게 하였다.

식량이 준비가 된 천마는 곧장 폐관 수련을 하러 떠났다.

그가 선택한 장소는 바로 패가이호의 한가운데에 자리 잡고 있는 섬이었다.

마맥이 끊겼다고는 하나, 한 번 터졌던 여파가 아직 남아 있는 상태였기에 천마가 현천신공을 연마하기에 적합한 장소였다.

다행스럽게도 섬에는 현천검이 봉해졌던 동굴 외에 여러 동굴들이 있었다.

단지 깊은 동굴이 아니라 쉴 수 있는 크기의 공간에 불과했다.

그중에 제일 안락한 곳을 고른 천마다.

“흠, 그나마 지낼 만하군.”

동굴 안에 가져온 식량과 물주머니, 옷가지 등을 챙겨놓은 그는 본격적인 수련에 돌입했다.

넓은 공터로 나온 천마가 가부좌를 틀었다.

‘일단 마기부터 몸에 익숙하게 만든다.’

천마가 현천신공을 운용했다.

천마의 몸에서 흑색 마기가 흘러나오며 주위에 기의 회오리가 일어났다.

현천신공과 현천검에서 흡수한 순도 높은 마기를 체화시키는 것이 일차적인 목표였다.

한참을 현천신공을 운용하던 천마의 몸이 검게 물들었다.

“큭.”

생각했던 것보다 순도 높은 마기였다.

일개 인간이 생성하는 것과 비교가 되지 않는 순도는 정제된 마기 그 이상이었다.

핏!

천마의 이마의 핏줄에서 피가 튀어 올랐다.

몸이 버티지 못한 것이었다.

그럼에도 불구하고 천마는 현천신공의 운용을 멈추지 않았다.

극한까지 스스로를 몰아붙이는 것이야말로 천마가 선택한 가장 빠른 지름길이었다.

단지 목숨이 위태롭다는 문제점을 수반하지만 말이다.

'누가 이기나 해보자!'

천마가 이를 깨물며 더욱 신공의 운용을 박차했다.

* * *

북해를 벗어나 몽고 초원을 지난 설유라가 검문에 도착한 것은 근 한 달이 지나서였다.

한 달이라는 시간 동안 내상 치료에 전념했던 그녀는 무공을 회복해 있었다.

오히려 무공이 회복한 것뿐만이 아니라 진일보해 있었다.

생사의 갈림길을 몇 번이나 겪고, 선천공을 계속해서 운용했던 것이 천운으로 다가왔다.

처음으로 검문에 오게 된 모용월야는 신기한 듯 두리번거리며 주위를 둘러보았다.

하남성의 북단에는 정도 무림맹이 자리하고 있다.

실상 정도 무림맹이라 불리지만 그 규모의 반은 검문이 차지하고 있었다.

마치 궁궐과도 같은 화려함을 자랑하는 건물에 탄성이 절로 나올 정도였다.

"아, 덥다."

모용월야의 얼굴은 땀으로 젖어 있었다.

최근까지 추운 북해에서 지냈던 것도 있었지만 원래부터 추운 요녕 지역 출신인 모용월야에게는 적응이 되지 않는 날씨였다.

반면 추위에 약했던 설유라는 이제야 좀 살 것 같았다.

검문의 출입구에 도달하자 문지기들이 그들을 제지하려 했다.

그러다 그녀의 얼굴을 보는 순간 화들짝 놀랐다.

"앗! 삼 단주님!"

그녀는 검문의 세 개의 단 중 하나인 동검단의 단주직을 맡고 있었다.

놀라는 문지기들의 반응을 보니 뭔가 이상했다.

'왜 놀라는 거지?'

설유라가 출입패를 제출하고 검문의 입구를 통과하자 주변의 분위기가 어수선해졌다.

마치 그녀의 등장에 다들 놀란 느낌이었다.

웅성거리는 소리를 잘 들어보니 그녀의 생존 사실을 아무도 몰랐던 것 같았다.

'내가 죽었다고 생각했나?'

누군가를 붙잡아 물어보고 싶었으나, 사부인 검황에게 먼저 보고하는 것이 우선이었다.

설유라가 본관의 일 층에 들어서자 모용월야에게 말했다.

"이 층부터는 올라갈 수 없으니, 모용 공자는 여기서 기다려 주세요."

"아! 알겠습니다."

그러고는 그녀가 자신의 신분패를 모용월야에게 맡겼다.

그렇지 않아도 이곳에 들어온 것만으로 상당히 부담스러웠던 모용월야는 고개를 끄덕이며 일 층에 남았다.

* * *

검문의 본관 사 층에 자리한 접객실.

검황의 집무실로 올라가기 위해서는 이곳에서 대기해야 한다.

'생각보다 오래 걸리는데.'

평소라면 그녀에게 바로 올라오라고 했을 검황이었다.

그런데 벌써 일각의 시간이 지났다.

초조한 마음으로 기다리는데, 위층 계단에서 누군가 내려왔다.

"아!"

그녀의 얼굴에 반가움이 가득했다.

계단에서 내려온 이는 삼십 대 초반으로 보이는 훤칠한 장부였다.

젊은 나이에도 불구하고 한 문파의 종사로 느껴질 만큼 그 기세가 남달랐다.

날카로운 눈매를 지닌 이 남자는 검황의 둘째 제자이자, 검문의 이 단주인 석금명이었다.

"석 사형!"

"사매!"

계단으로 내려올 때까지만 하더라도 진중했던 석금명이 표정이 한층 밝아졌다.

환한 미소를 지으며 그녀에게 다가왔다.

"사매, 살아 있었구나!"

"네?"

석금명의 말에 설유라가 영문을 모르겠다는 표정을 지었다.

대체 무슨 일이 있었기에 사형마저 자신이 죽었다고 알고 있는 것일까.

"사형, 대체 무슨 일이 있던 거예요?"

"그건 나야말로 사매에게 묻고 싶은 말이야. 그렇지 않아도 북해 선발대가 전멸한 걸로 맹이 발칵 뒤집어졌거든."

"아!"

그녀의 예상과 달리 선발대가 전멸한 사실은 이미 무림맹에 알려져 있었다.

그런데 오지에서 벌어진 정보를 이미 알고 있는 것이 이상했다.

그런 설유라의 생각을 알기라도 했는지 석금명이 답해주었다.

"이건 너를 꾸짖지 않고 넘어갈 수가 없구나."

"넷?"

"내가 그리 이르지 않았더냐. 중원 내와 달리 북해는 너무 위험하다고."

설유라를 비롯해 석금명과 대제자인 종현은 사부인 검황의 명을 받고 각 문파를 순회했다. 이는 마교가 항복 선언을 했을 때, 손을 대지 못했던 세력권을 빠르게 정벌하기 위한 수순이었다.

각 문파를 순회하기 전, 석금명은 그녀에게 신신당부했었다.

절대로 정벌대에 합류하지 말라고 말이다.

그 당시에 그녀는 이런 석금명의 말을 크게 귀 기울여 듣진 않았다.

'이상해. 사형이 그렇게 반대했을 때는 그저 날 걱정한다고 생각했었는데…….'

문득 설유라는 이상함을 느꼈다.

마치 북해에서 그런 사태가 일어날 것을 예측이라도 한 것 같지 않은가.

하지만 그녀는 크게 내색하지 않았다.

"북해 선발대가 전멸한 건 어떻게 아신 거죠?"

"문 공한테서 서찰을 받았다."

"문 대협에게서요?"

그녀가 북벌 선발대로 떠난 지 얼마 되지 않아 석금명은 서찰을 받았다.

그건 바로 문율의 서찰이었다.

자존심 때문에 설유라가 북벌대에 합류한 것을 막지 못했으나, 석금명의 당부를 무시할 수 없었던 그였다.

고민하던 문율은 그녀가 북벌대에 함께했고 자신이 최선을 다해서 설유라의 신변을 지키겠다는 내용의 서찰을 보냈다.

"아……."

문율이 뭔가 조치를 취할 줄은 몰랐던 그녀였다.

하지만 차가운 몽고고원에서 목숨을 잃었을 그를 생각하니 가슴이 먹먹해지는 그녀였다.

그런 설유라의 어깨에 손을 가져다대며 석금명이 말했다.

"사매, 문 공은 죽지 않았다."

"네?"

"문 공이 살아 있다고 말하는 거다."

문율이 살아 있다는 말에 그녀의 두 눈이 커졌다.

분명 그 당시의 습격에서 살아남은 사람은 자신을 비롯해 사마영천과 모용월야뿐인 것으로 알고 있던 그녀였다.

'그럼 내가 문 대협을 버리고 갔단 말인가.'

엄밀히 말하면 버린 것은 아니다.

그때 그녀 역시도 중상을 입고 정신이 혼미했던 상황이었다.

"문 공의 서찰을 받고 나는 급히 염 공을 보냈다."

"염사곤 대협을요?"

문율의 서찰에 당황한 석금명은 급히 검문 내에 파견을 보낼 사람을 찾았다.

마침 검문에 유일하게 남아 있던 검하칠위는 염사곤뿐이었다.

검하칠위 중 칠석의 위치에 있으나, 다른 일곱과 마찬가지로 화경의 경지에 오른 고수였다.

석금명의 부탁을 받은 염사곤을 그 길로 쉬지 않고 북쪽으로 향했다.

몽고고원의 최북단까지 도착한 염사곤은 천운으로 중상을 입고 죽어가던 문율을 발견했다.

당시 문율은 몽고 기마 부족이 들이닥친 틈을 타서 탈출을 감행했던 것이다.

숨이 끊어지려 하는 문율을 겨우 살려내 정체 모를 적이 습격했다는 정보를 듣게 된 염사곤은 급히 그곳으로 향했다.

"하지만 그때 염 공이 도착했을 때는 누군가 시신들을 한곳으로 모아 전부 다 태워 버렸었다고 하더구나."

"아……."

그녀와 함께했던 선발대는 한 줌의 재가 되어버렸다.

설유라는 씁쓸한 얼굴로 고개를 떨궜다.

* * *

그 외의 어떠한 단서도 발견할 수 없었던 염사곤은 결국 문율을 데리고 검문으로 돌아올 수밖에 없었다.

이러한 소식을 전해 들은 검황은 크게 진노했다.

그러나 중상을 입고 돌아온 문율을 벌할 수 없는 노릇이었다.

사랑하는 여제자를 잃은 슬픔이 가시기도 전에 석금명은 북별 선발대가 전멸한 것을 공식화하고 각 문파의 수장들과 회동을 가졌다.

“각 문파의 후계를 잃은 탓에 그들은 격앙된 상태였지.”

이미 그것은 익히 예정된 일이었다.

분노한 각 문파의 수장들의 원망은 북해빙궁으로 향했다.

선발대가 전멸함으로써 맹은 각 문파의 힘을 공식적으로 움직이기가 쉬워졌다.

명분이 생겨난 것이었다.

“잠깐만요. 북해빙궁에서 우릴 습격한 게…….”

“그건 이미 알고 있다. 하지만 정체불명의 적을 상대하기 위해 힘을 집권시키는 건 더욱 어렵지.”

석금명의 말에 설유라가 인상을 찌푸렸다.

무림맹에서 군사직을 맡고 있는 석금명이 병법이나 계책, 계략에 능한 것은 알고 있었다.

하지만 설마 이런 식으로 각 문파의 후계들이 죽은 것을 이용하리라고는 상상도 하지 못했다.

‘그저 그들의 힘을 약화시키는 목적으로만 알고 있었는데. 아아…….’

그녀는 머리가 지끈거렸는지 접객실의 의자에 털썩 앉았다.

그런 설유라의 맞은편에 앉은 석금명이 다시 이야기를 이어갔다.

"그런데 다른 문제가 발생했다."

백타산을 공격하러간 서무림의 정벌대에도 사건이 발발한 것이었다.

"설마? 백타산으로 향했던 정벌대도……."

"전멸은 아니다."

"그럼?"

"단지… 대사형에게 문제가 발생했다."

"넷? 종현 사형이요?"

검황을 제외한다면 검문에서 최고라 불리는 사내였다.

실질적으로 검문이 무림 제패를 이룩한 데는 석금명의 두뇌와 종현의 무위가 조화를 이뤘다고 해도 과언이 아니었다.

종현은 선천공의 구 단계까지 이룩하고, 유성검법의 달인이었다.

그것만으로도 무림에서 오황을 제외하고는 상대할 자가 없을 정도였다.

"종현 사형이 직접 나선 줄은 몰랐어요."

그녀가 북해빙궁의 선발대로 나선 것은 우발적인 것이었지만 종현은 달랐다.

백타산을 치기 위해 검하칠위 중 세 명까지 동행했다.

거기에다 서무림의 기재들과 천 명에 이르는 일류 고수로 이루어진 정예병이 지원했다.

"충분히 가능성이 있다고 여겼었는데… 설마 서독황이 그리 나오리라곤 나조차 예측하지 못했다."

아무리 상대가 서무림을 군림하는 오황의 일인인 서독황이라지만 충분히 가능성이 있는 전력이었다.

"…그런데 설마 서독황이 기습을 하리라곤 예상하지 못했다."

석금명의 분하다는 듯이 눈을 가늘게 뜨고 말했다.

대사형 종현은 서무림의 기재들을 이끌고 검문 산하의 정예병과 합류하기 위해 서장으로 향하고 있었다.

쉬지 않고 곤륜산에 도달한 선발대는 보급과 휴식을 위해 곤륜파로 향했다.

곤륜에 도착한 종현은 곤륜에서 숙소를 배정받고 휴식을 취하고 있던 중 기습을 받았다.

"설마… 그 기습을 했다는 자가?"

"그래. 서독황 본인이 직접 나섰다."

"서독황이 직접요? 어떻게 오황이라는 자가 나선 거죠?"

누구도 예상하지 못했다.

설마 오황의 일인인 서독황이 직접 기습을 행하리라 누가 상상이나 했겠는가.

아무리 무공에 뛰어난 종현이지만 서독황을 일대일로 상대하는 것은 무리였다.

"그래도 곤륜에 수많은 고수가 포진했을 텐데요?"

"…서독황이 노린 것은 그게 아니었다."

갑작스레 들이닥친 기습이었지만 종현은 호락호락한 사내가 아니었다.

그는 침착하게 서독황에게 반격을 가했다.

하지만 서독황은 별호대로 독수의 일인자이기도 했다.

"그의 합마공에 대사형이 중독되고 말았다."

영악하게도 서독황은 근처 숙소에 머물고 있던 검하칠위의 세 명이 들이닥치기 전에 종현을 중독시키고 사라져 버렸다.

독의 달인인 서독황을 견제한 종현이었지만 결국 독수에 당하고 말았다.

"사형… 설마 대사형이 돌아가신 건 아니죠?"

심각하게 말하는 석금명의 목소리에 그녀는 불안함을 느꼈다.

사부인 검황이 그녀를 가르치긴 했으나, 어릴 때부터 자신을 돌봐준 것은 대사형 종현이었다.

그런 대사형의 안위가 걱정되는 건 당연했다.

이에 석금명이 고개를 저었다.

"대사형은 무사하다. 아니, 무사하진 않지."

"그럼?"

"…중독된 상태로 지금 겨우 버텨내고 있다."

"아아아… 대사형."

설유라의 눈에 눈물이 맺혔다.

그런 그녀를 바라보는 석금명의 표정이 묘하게 굳어 있었다.

어느새 설유라의 붉어진 두 뺨에 눈물이 흘러내렸다.

석금명이 안타까운 표정으로 그녀의 뺨에 흐르는 눈물에 손을 가져다댔다.

탁!

설유라가 자신도 모르게 석금명의 손을 쳐냈다.

무안해진 석금명이 잠시 멈칫하다 조심스레 손을 내렸다.

"사, 사형, 일부러 그런 게 아니에요."

"…아니다. 괜찮다."

괜찮다고 말을 했지만 언짢은 것은 어쩔 수가 없었다.

그런 석금명을 보며 설유라는 속내는 달랐다.

언젠가부터 자신을 바라보는 눈빛이 달라진 그를 보면 거부감이 들었다.

"그런데 사부님을 뵈려고 하는데, 많이 바쁘신 건가요?"

"아… 그걸 얘기하지 못했구나."

"네?"

"사부님께서도 독에 중독되셨다."

“넷? 주, 중독되다뇨?”

청천벽력과도 같은 소식에 그녀의 두 눈이 커졌다.

현경의 고수인 검황이 중독되었다는 말은 믿기 힘든 사실이었다.

독에 중독되어 검문에 복귀한 종현.

그를 치료하기 위해 당연히 검황이 나섰다.

검황은 심후한 내공으로 서독황의 독을 몰아내기 위해 종현과 직접적으로 접촉하게 되었다. 그러나 독을 몰아내기는커녕 그것이 검황의 몸으로 침투했다.

‘지독한 독이다. 서독황의 독수가 이렇게 지독할 줄이야.’

당황한 검황은 집무실 문을 닫고 누구도 출입하지 못하게 했다.

그나마 검황은 심후한 내공으로 독이 퍼져 나가는 것을 막고 있었지만, 아무리 해도 독을 몸 바깥으로 밀어낼 수가 없었다.

“그럼 집무실에 사부님과 종현 대사형이 있는 건가요?”

“그래.”

“독이 퍼져 나갈까 봐 그런 건가요?”

“그건 아니다. 독은 직접적으로 접촉하는 것이 아니면 중독되진 않는 것 같구나. 단지…….”

검황의 중독 사실이 알려지는 것을 막기 위해서였다.

검문의 최고 수장인 검황과 대사형인 종현의 중독 사실이 알려진다면 어떠한 사태가 일어날지 불 보듯 뻔했다.

"지금으로서는 사부님께서 중독된 걸 외부에 알려지는 것을 막아야만 했다."

냉정하게 말을 하는 석금명이었지만 그 판단이 맞았다.

비록 검문이 무림을 일통하긴 했지만, 검황의 중독이 알려지기라도 한다면 억눌려 있는 각 문파들이 어떻게 나올지 알 수 없었다.

"언제까지 숨기실 수 없잖아요?"

검황이 중독된 지 벌써 나흘이 지났다고 한다.

지금 당장이야 사실을 은폐하고 있지만, 시간이 흐를수록 그도 힘들어진다.

아무리 계책에 능통한 석금명이라지만 어떻게 해야 할지 난감하기만 했다.

"지금 이 사실을 아는 자는 나 외에는 아무도 없단다."

"검하칠위들도요?"

"그들은 더더욱 알아선 안 된다."

검하칠위가 검문 산하에 있지만 오황을 제외한다면 각자의 세력권에서는 패주로 불리는 자들이었다.

검황의 위세 아래에서 꼼짝하지 못하고 있으나, 만약 그의 중독 사실을 알기라도 한다면 그들이 어떻게 돌변할지 판단

내리기 힘들었다.

"그 탓에 내가 이 집무실을 떠나지 못하고 계속 지키고 있었던 거란다."

"아아, 사형……."

이런 상황 속에서 혼자 전전긍긍하고 있었을 종현을 생각하니 안쓰러워졌다.

제멋대로 북해빙궁의 선발대에 들어갔던 것이 미안해지는 그녀였다.

"그래도 정말 천운이구나. 네가 살아 있었다니!"

"네?"

"지금 사부님과 대사형을 구할 수 있는 건 너뿐이다."

석금명이 그녀의 살아 돌아온 것을 기뻐한 것도 있었지만 이 상황을 타개할 수 있는 유일한 사람이 나타났기 때문이기도 했다.

검문의 직계 제자인 그녀는 유일하게 그들의 중독 사실을 알아도 변치 않을 사람이었다.

"제가 어떻게 해야 하는 거죠?"

"사부님의 독을 해독해야만 하는데, 이를 할 수 있는 사람은 그 장본인인 서독황과……."

"약선이군요!"

석금명이 고개를 끄덕였다.

중원 최고의 의원인 약선.

그는 괴의 사타와 더불어 의료계의 최고봉에 오른 자였다.

약초와 약물에 관해서 타의 추종을 불허하는 그만이 유일하게 독을 해독할 확률이 높았다.

"혹시 지금 약선의 신상은 알고 있나요?"

그녀의 물음에 석금명이 고개를 저었다.

알고자 한다면 검문의 정보망을 사용하면 알 수 있으나, 지금은 누구에게도 이 사실을 발설해선 안 되었다.

"지금으로선 사매가 직접 알아낼 수밖에 없구나."

"하아, 정말 시급하군요."

검문의 어떠한 정보력이나 힘을 동원하지 않고 약선을 찾아야 했다.

절로 한숨이 나오는 상황이었다.

"그럼 지금 당장 출발해야겠군요."

그녀가 자리에서 일어나자 석금명이 미처 생각지 못했다며 만류했다.

"아! 사매, 일단 오늘은 검문에서 여독을 풀고 가."

설유라는 북해에서 생환하여 막 검문으로 귀환했다.

긴 여정을 하면서 아직 쉬지도 못했을 텐데, 급박하게 움직이는 건 아닌 듯했다.

그러나 설유라가 고개를 저으며 말했다.

"아니에요. 사부님과 대사형이 절체절명의 상황이신데, 어떻게 제가 쉴 수 있나요. 당장 떠나겠어요."

"하지만 사매……."

"아뇨. 사형도 이곳에서 고생하시는데 그럴 순 없어요."

단호한 그녀의 말에 석금명은 더 이상 권할 수 없었다.

사실 설유라는 그에게 북해에서 있었던 일을 알려야 하나 고민했다.

하지만 그녀의 본능이 그것을 만류했다.

왠지 모르게 석금명이 뭔가를 숨기고 있다는 생각이 들어서였다.

"그럼 사형, 반드시 약선을 데려오겠어요."

"그래. 무운을 빌게. 아! 이것을 들고 가렴."

석금명이 계단으로 내려가려는 설유라에게 푸른 검집을 넘겼다.

그것은 검문의 보검인 창천검(蒼天劍)이었다.

"이건?"

"네 기운을 보니 무공이 진일보했더구나. 이 검이 도움이 될 거다."

설유라가 조심스럽게 창천검을 받았다.

검집에 담겨 있었지만 창천검의 청명한 기운이 그녀의 손을 타고 전달되었다.

그것은 창천검이 검문의 선천공과 공명을 하기 때문이기도 했다.

"이걸 제가 들고 가도 될지?"

지금까지 검문에서 검황과 대사형 종현만이 이 검을 다뤘었다.

그녀만 유독 창천검을 만질 기회가 없었는데, 이렇게 갑작스럽게 검을 맡기니 얼떨떨한 기분이었다.

"지금은 네가 검문의 대표다. 부디 다치지 말고 돌아오렴."

석금명의 부드러운 미소로 당부하자 설유라가 고개를 끄덕였다.

그녀의 가녀린 어깨에 무거운 임무가 맡겨졌다.

설유라가 계단을 내려가자 석금명이 알 수 없는 눈빛으로 이를 바라보았다.

조금 전까지 부드러운 미소를 지은 것과는 상반된 날카로운 눈빛이었다.

31장

천마님, 중원으로 돌아오다

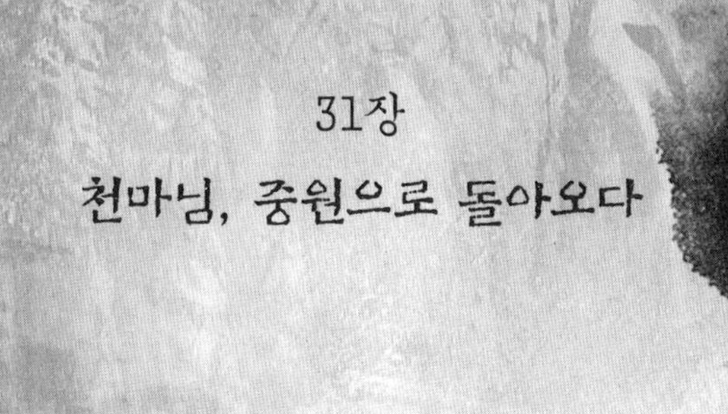

하북성, 북경에서 얼마 떨어지지 않은 북동쪽은 하북팽가의 영역이다.

오대세가라 불리는 하북팽가가 자리한 위치는 큰 고을을 형성하며 많은 가구가 살아가고 있었다.

팽가현이라 불리는 이 고을에 요즘 뜨거운 화두가 있었다.

고을에서 가장 큰 객잔인 월명 객잔.

늦은 시각에도 월명 객잔은 사람들로 붐볐다.

하북팽가가 있는 고을답게 객잔 내에는 상당히 많은 무인이 보였다.

독특한 것은 대다수의 무인들이 도를 착용하고 있다는 점이었다.

그것은 이곳 하북팽가의 세력권의 특징이라 할 수 있었다.

팽가는 도법으로 유명한 세가이다.

일반적으로 각 세가들이 다양한 병장기에 능한 것과 달리 팽가는 유독 도법에 치중해 있다. 팽가의 조사인 팽문일이 도로써 그 명성을 떨쳤기 때문이기도 하다.

이곳 팽가현에 있는 무인들의 대다수는 도객들로, 팽가의 식객이거나 팽가의 무공을 견식하기 위해 온 자들로 넘쳐났다.

"자, 마시라구! 하하하핫."

"건배!"

잔을 부딪치는 소리가 객잔에 울려 퍼졌다.

한데 객잔 내의 다른 손님들과 조용히 식사를 하거나, 술을 마시는 것과 달리 유독 시끄럽게 떠드는 이들이 있었다.

그들 세 명은 팽가의 식객으로 삼도객이라 불리는 자들이었다.

도법으로 합벽에 능한 이들은 팽가 내에서도 제법 입지가 탄탄한 자들이었지만, 평소 행실이 좋지 못하기로도 유명했다.

"하하핫, 오늘도 술맛이 참 좋구만."

"그럼 뭐 하나. 술자리에 여자가 없으니 맛이 없구만."

"장 형, 어제도 기루에 가놓고는 그런 소리가 나오나?"

"에헤이, 임 형, 무릇 술이란 여인이 따르는 것이 제일인 것도 모르나."

"하하하핫, 그야 그렇지."

이들은 술자리를 가지면 늘 화두가 여자에 관한 이야기였다.

대개가 음담패설에 가까웠는데, 주위 사람들의 인상을 찌푸리게 만들었다.

"그런데 오늘도인가?"

"아! 그 여자를 말하는 건가?"

"그래. 그 고목나무 말이야."

장 형이라 불리는 사내의 말에 임 형이라 불리는 사내가 맞장구를 쳤다.

그들이 고목나무라 불리는 여자는 근래 팽가현에서 알게 모르게 화젯거리였다.

"아까 보니깐 또 거기에 있던데."

"캬, 지극정성이구만."

언제부터인지는 모르나 팽가현의 동쪽 고을 입구에 한 여인이 자리하고 있었다.

몇 달 동안이나 한자리에서 늘 고목나무처럼 지키고 있어

고을 사람들은 그녀를 고목나무 여인이라 부르고 있었다.

그런데 이렇게 화젯거리인 이유는 또 하나 있었다.

"임 형, 그년이 그렇게 절색이라던데."

"가끔 면사를 벗는 걸 누가 봤다던데, 정말 절색이라 하더군."

면사를 쓰고 있는 고목나무 여인이 가끔 얼굴을 드러냈는데, 그것을 우연히 보게 된 이들이 감탄을 금치 못했다고 한다.

절색이라는 말에 술을 마시던 세 명의 눈빛이 변했다.

그것은 일종의 욕망이었다.

"흐흐흐, 그것참 안타까운 이야기 아니오?"

"그러게 말일세. 어찌 그런 절색인 여인이 고목나무처럼 헛되이 세월을 보낸단 말인가."

"장 형의 실한 물건을 만난다면 생각이 바뀔 수도 있소. 장 형만의 고목나무가 될지 어찌 아오, 하하하핫!"

그들의 음담패설에 가까운 말에 객잔 내의 사람들이 고개를 절레절레 흔들었다.

몇 해 전에도 추행에 연루되어 관에 들어갔다 나왔던 이들이다.

팽가의 식객이 아니었다면 고을에 발을 붙이기도 힘들었을 것이다.

'팽가도 썩었군. 저런 쓰레기 놈들을 식객으로 받고.'

객잔 사람들 모두가 하나같이 같은 생각을 했다.

얼마 시간이 지나지 않았을 때였다.

여느 때라면 새벽까지 술을 마시다 곯아떨어졌을 삼도객의 모습 보이지 않았다.

같은 시각 고을의 동쪽 입구.

소문은 사실이었다.

고을의 입구엔 죽립에 보랏빛 면사를 쓴 여인이 서 있었다.

구름에 가려서 달빛조차 보이지 않는 어둠 속에서 여인은 한곳만을 응시하고 있었다.

누군가를 기다리는 간절한 눈빛으로 말이다.

어떠한 풍파에도 영향을 받지 않을 것 같던 여인이 고개를 돌렸다.

"호오! 완전히 고목나무는 아닌가 봄세."

"그런가 보오. 너무 굳어 있으면 재미를 보지 못할까 했는데 다행이구려."

고을 안쪽에서 어슬렁거리며 나타난 세 명의 사내들.

그들은 아까까지 객잔에서 술을 퍼마시던 삼도객이었다.

면사의 여인은 그들을 한번 힐끗 쳐다보니 이내 고개를 돌려 다시 북동쪽을 응시했다.

"아니, 이년이 지금 사람을 못 본 체하는 건가?"

"건방진 계집일세."

그들의 거친 말투에도 면사의 여인은 전혀 미동조차 없었다.

오히려 경멸하는 눈빛이 가득했다.

무시를 당했다고 생각한 삼도객은 취기가 가득해 그녀에게 욕을 날렸다.

취객이거니 무시하려 들었던 면사의 여인이 결국 그들을 향해 몸을 돌렸다.

"객들은 누구신지 모르나 함부로 입을 놀리지 마시고, 댁으로 돌아가길 바랍니다."

정중하게 말을 하는 것 같았지만 풀어서 말하면.

"취했으면 닥치고 꺼져라."

는 말이었다.

그녀의 말에 화가 났는지 취기에 붉어졌던 그들의 얼굴이 더욱 빨갛게 달아올랐다.

"아니, 이년이 진정 돌았구나."

"어허, 장 형, 내가 오늘 저 여인에게 참다운 남자를 가르쳐 주어야겠소."

그녀의 권고에도 불구하고 더러운 입을 놀리는 삼도객이었다.

삼도객 중 임 형이라 불리는 자가 허리춤에 차고 있던 도집에서 도를 꺼내 들었다.

서슬 퍼런 칼날을 보여서 겁을 주려는 목적이었다.

"응?"

보통 여자라면 도를 보여주는 것만으로도 겁을 먹고 두려움에 떨지도 몰랐다.

하지만 면사의 여인은 달랐다.

"벌주를 택하다니 어리석은 것들."

면사의 여인이 임 형이라 불리는 자를 향해 손을 뻗었다.

그 순간.

휙! 푹!

"끄헉!"

날카로운 단검이 날아와 그의 허벅지에 꽂혔다.

취기에 휘청거리던 임 형이라 불리던 사내가 고통에 비명을 질렀다.

마찬가지로 같이 있던 두 명도 놀랐는지 차고 있던 도를 꺼내 들었다.

"이년이 무림인이었구나!"

"계집이 믿는 구석이 있었군!"

취기가 가득해서 색욕을 드러냈던 삼도객들의 눈빛이 바뀌었다.

자신들이 저질스러운 추행을 저지르려 했던 여인이 무림인이라면 상황이 달랐다.

괜히 방심했다가 큰 곤욕을 당할 수도 있었다.

"흥!"

그녀가 허리춤에서 긴 연검을 빼냈다.

그렇지 않아도 몇 달을 이곳에 서서 기다린 게 답답하던 차였다.

삼도객 중 한 명이 그녀를 향해 도를 휘둘렀다.

챙!

면사의 여인이 부드러운 연검으로 도를 받아냈다.

도에 부딪쳤던 연검이 휘어지며 그의 두 눈을 노렸다.

놀란 사내가 몸을 뒤로 젖혀 연검을 피했다.

'단순한 쭉정이가 아니구나.'

단숨에 두 눈을 찔러서 쓰러뜨릴 요량이었던 여인의 눈에 이채가 띠었다.

그녀의 놀람이 끝나기도 전에 사내가 발차기를 날렸다.

퍽!

"윽!"

그녀가 발차기를 막았지만 묵직함에 뒤로 밀려났다.

이를 놓치지 않고 다른 삼도객들이 그녀를 향해 달려들었다.

"계집! 받아랏!"

그들은 평소 행실과 달리 하북팽가의 식객들 중에서 가장 합벽에 능한 자들이었다.

의외의 도로 펼쳐지는 합벽에 면사의 여인은 당황했다.

'이자들, 단순한 한량이 아니었구나.'

채채챙!

그녀의 손이 번개처럼 연검을 휘둘러 도를 막아내기 급급했다.

도를 휘두르는 그들의 합벽이 초식을 더해갈수록 정교해지기 시작했다.

내공을 운용하면서 몸을 움직이니 취기가 가시기 시작한 것이었다.

'상성이 좋지 않아.'

그들과 초식을 겨루는 그녀의 안색이 어두워졌다.

일대일이라면 모를까 이들의 합벽은 그녀와의 상성이 나빴다.

면사의 여인은 부드러운 연검을 다루는데, 그들은 두꺼운 도로 합벽을 이루고 있었다.

촥!

"아악!"

면사의 여인의 입에서 비명이 튀어나왔다.

뒤에서 날아오는 도를 피하지 못했다.

덕분에 그녀는 등허리를 그대로 베이고 말았다.

"흐흐, 계집 주제에 날뛰더니 꼴이 좋구나."

삼도객 중 장 형이라 불리는 자가 그녀의 얇은 목에 도를 가져다댔다.

"이 비겁한 놈들!"

남자 세 명이서 합벽을 펼쳐서 겨우 그녀를 제압하고 좋아하는 꼴이 우스웠다.

허벅지에 단검이 꽂혀 있는 임 형이라 불리는 자가 그녀의 혈도를 눌렀다.

"빌어먹을 계집이 감히 이딴 단검을 날려!"

짝!

면사의 여인이 혈도가 눌려져 움직일 수 없게 되자, 임 형이라 불리는 사내가 분에 차서 그녀의 뺨을 때렸다.

덕분에 그녀가 쓰고 있던 면사가 벗겨지며 얼굴이 드러났다.

가히 절색이라 불릴 만큼 아름다운 얼굴의 여인은 다름 아닌 현화단의 부단주 약연이었다.

"오오오!"

다른 두 명의 삼도객이 넋이 나간 눈으로 그녀의 얼굴을 보았다.

빰을 맞은 것이 분했는지 약연이 눈을 흘기며 그들을 노려보았다.

"흥! 이제야 계집다운 표정을 짓는구나."

"이 더러운 것들!"

색을 밝히기로 이름난 삼도객답게 반응이 남달랐다.

분해하는 그녀를 보자 오히려 그들의 눈빛은 욕정으로 물들어갔다.

"계집이면 계집답게 굴어라."

찌익!

"꺄악!"

삼도객 중 장 형이라 불리는 사내가 그녀의 상의를 잡더니 우악스럽게 찢어버렸다.

덕분에 그녀의 가슴 위의 살결이 드러나고 말았다.

어두워서 잘 보이지 않는데도 그녀의 하얀 살결은 삼도객을 자극했다.

"흐흐흐흐!"

"그것참, 탐스럽기 그지없구나."

이런 쓰레기들에게 능욕을 당한다는 것이 수치스러워 약연의 얼굴은 일그러져 갔다.

그런 그녀의 반응을 즐기기라도 하듯 그들은 탐욕스러운 웃음을 흘렸다.

"흐흐, 임 형이 오늘 피도 보고 했으니 처음은 양보하는 것이 도리라 보오."

삼도객 중 장 형이라 불리는 사내가 선심 쓰듯이 말하자 임 형이라 불리는 사내가 장난스럽게 포권을 하며 말했다.

"크흠, 내 그럼 사양치 않겠네."

그 말과 함께 임 형이라는 자가 자신의 바지 허리춤의 끈을 푸는 것이 아닌가.

분노와 수치심으로 물든 약연은 입술을 질끈 깨물었다.

"계집, 오늘 남자의 맛을 제대로 느끼게 해주마. 흐흐흐."

바로 그 순간이었다.

푹!

"커헉!"

임 형이라 불리는 사내가 가슴을 관통하는 화끈거리는 고통에 비명을 질렀다.

사내는 핏줄이 선 눈으로 내려다보았다.

두근두근!

처음으로 사내는 자신의 심장이 고동치는 것을 볼 수 있었다.

붉은 피로 젖은 악마와 같은 손이 그의 심장을 움켜쥐고 있었다.

"아아… 으으… 으아아아아!"

"병신 같은 놈이 뭘 느끼게 한다는 거냐."

픽!

뒤에서 들리는 낯선 목소리와 함께 그의 심장이 터져 버렸다.

임 형이라 불리는 사내는 그대로 숨이 끊어지고 말았다.

"더러운 놈이로군."

"조사님!"

수치심으로 가득했던 약연의 얼굴이 반가움으로 활짝 펴졌다.

갑자기 등장한 존재는 바로 천마였다.

몇 달 전에 보았을 때와 변함없는 훤칠한 모습이었으나, 풍겨져 오는 느낌이 확연하게 달랐다. 그 당시보다도 훨씬 심연이 가득한 어둠이 느껴졌다.

"아아!"

그녀의 탄성과 달리 남은 두 명의 삼도객들은 갑작스러운 사태에 할 말을 잃고 말았다.

눈앞에서 동료가 심장이 뽑혀서 죽었으니 놀랄 만도 했다.

"으으으으."

온몸으로 전해져 오는 떨림.

그것은 공포와 두려움이라는 감정이었다.

마치 맹수의 앞에 선 먹잇감이라도 된 것처럼 그들은 심장을 옥죄여 오는 공포감에 정신을 차릴 수가 없었다.

슥슥!

천마가 자신의 손에 묻은 피를 죽은 사내의 옷에 닦았다.

더러운 오물이라도 만지는 것처럼 천마는 인상을 찌푸렸다.

"에이, 더럽군. 안 그러냐? 쓰레기 새끼들아."

여전히 거친 입담을 자랑했다.

천마의 욕설에도 그들은 아무런 답변도 할 수 없었다.

이상하게 두려움에 떨리는 것을 떠나서 몸을 움직일 수조차 없었다.

"짜증난다. 꺼져 버려라."

의외의 한마디에 그들의 두 눈이 커졌다.

'아아, 사… 살려주는 건가?'

그리고 찾아오는 안도감에 바지가 축축하게 젖어왔다.

그들을 살려준다는 생각에 용서할 수 없었던 약연이 뭔가를 말하려 했다.

바로 그 순간이었다.

"엇?"

"끄으윽!"

우두두두득!

삼도객의 두 명의 머리가 마치 강한 압력을 받은 모양처럼 일그러졌다.

압력이 어찌나 셌던지 두 눈이 터져 버리고 안구의 골격이 찌그러지는 모습이 차마 두 눈을 뜨고 바라보기 힘들 정도였다.

우드드드드! 팡!

일그러지던 두 명의 머리가 폭탄처럼 터져 버렸다.

피와 뇌수, 뼛조각들이 파편처럼 사방에 흩어졌다.

순식간에 벌어진 잔인한 광경에 약연이 멍한 눈으로 그들의 머리 없는 시신을 쳐다보았다.

그런 그녀의 귓가로 천마의 중얼거림이 들렸다.

"아, 깜빡했군. 지옥으로 꺼지라고 한다는 게."

* * *

아무런 손짓 한 번 없이 사람의 머리가 터져 버렸다.

기이한 현상이라 할 수 있었다.

전과는 확연하게 다른 천마의 능력에 약연은 경이로움을 감출 수가 없었다.

그들의 시신은 끔찍하기 짝이 없으나, 무림인으로 살아간다는 것은 언제 죽일지, 언제 죽임을 당할지 모르는 세계를 걸어가는 것과 같았다.

그녀 역시도 그런 세계의 일원으로서 각오를 가지고 있었다.

하지만 자신을 위해서 조사인 천마가 손을 쓴 것은 속이 시원했다.

시신을 수습한 약연은 객잔으로 천마를 모셨다.

늦은 밤이었기에 숙수들도 쉬고 있어서 먹을 만한 것은 다 식은 청경채 볶음에 죽엽청뿐이었다.

조르르르!

잔에 술을 따르며 천마는 혀를 찼다.

"쯧, 미련스럽게 그곳에서 계속 기다린 것이더냐."

"송구스럽습니다. 하지만 북해 정벌대가 전멸했다고 소문이 나면서……."

뒷말은 흐렸지만 알 만도 했다.

분명 현화단 내에서도 천마의 부고를 기정사실화했을 것이다.

정보 조직이란 추측성보다는 확실한 사실에만 의거를 하기 때문이기도 했다.

"흐음, 그래도 용케 기다렸구나."

일말의 가능성.

그것을 약연은 굳게 믿었다.

천마가 북해에서의 일이 마무리되는 대로 만나기로 한 다음 접선 장소가 팽가현이었다.

그녀는 일말의 기대를 걸고 천마를 기다렸다.

덕분에 얻은 별명이 고목나무 여인이었다.

"현 무림의 상황은 어떠하지?"

한동안 북해에서만 있었기에 근 석 달 사이에 일어난 무림의 정세가 궁금한 천마였다.

이에 약연이 준비해 놓은 것들을 주섬주섬 꺼냈다.

"흠."

천마가 그녀가 기록해 둔 서류를 훑어보았다.

한참을 읽던 그의 표정이 묘하게 바뀌어갔다.

"이게 사실이냐?"

"네, 지금 현재 검문에 뭔가 문제가 있습니다."

서류에는 무림의 정세가 간략하게 요약되어 있었다.

물론 그것은 검문과 무림맹을 중심으로 서술되어 있었는데, 현재 검문이 석 달째 정체되어 있다고 적혀져 있었다.

북해 정벌단이 전멸한 후로 북무림 각 문파의 수장들이 회동을 했는데도, 아무런 움직임이 없다는 것이 의미하는 바는 컸다.

"호오, 머리에 문제가 생겼군."

천마는 그것을 통해 의미하는 것을 바로 짚어냈다.

수뇌부의 부재.

"맞습니다. 지금 현화단뿐만이 아니라 무림의 정보 단체들의 의견은 동일합니다."

약연은 동의하며 속으로 감탄을 금치 못했다.

천마는 단순한 정보만으로 돌아가는 추세를 정확히 짚어내고 있었다.

그야말로 종사의 안목을 지닌 것이었다.

'정말 대단한 분이시다.'

무림의 중추에 있는 검문이 기습과도 같은 북벌을 감행했음에도 불구하고 아무런 성과를 내지 못했다. 심지어 북벌단이 전멸을 당하기까지 했는데도 조용히 사태를 관측만 한다는 것은 실상 문제가 발생했음을 의미했다.

"크큭, 재밌는 상황이 되었군."

천마가 예상한 것과는 다르게 돌아가는 정세에 웃음이 나오는 그였다.

분명 천마는 검문에서 대대적으로 북해빙궁을 적으로 몰아갈 것이라 여겼다.

그 이유는 분명했다.

'검문이 분명 혈교와 어떠한 연관성이 있는 것이 분명하다.'

절대 제삼의 세력이 없다는 것을 확신하고 있을 검문이다.

그렇다면 검문이 이러한 상황 속에서 취할 수 있는 이득은 후계와 자제들을 잃은 북무림의 힘을 규합하는 것이다.

그 규합한 힘으로 북해를 압박할 것이라 여겼는데, 예상과 달라져 버렸다.

"그렇다면 서두를 필요성이 있군."

천마는 판단했다.

수뇌부에 이상이 생겼다면 지금이 적시였다.

현화단을 비롯한 정보 단체들이 확신한 검문 수뇌부의 부재를 무림의 단체들이 파악하지 못했을 리가 없었다.

계속해서 검문에 이상 징후가 발견된다면 분명 그들은 움직인다.

사분오열이 되는 전국이 발생할 때야말로 기회였다.

"서두르신다 하면?"

"크큭, 신교를 되찾아야지."

그것은 빼앗긴 마교를 다시 되찾는 시점을 의미했다.

천마의 의미심장한 말에 약연의 눈빛이 반짝였다.

조사인 천마가 부활했지만, 여전히 마교가 다시 부활할 수 있을지 불투명한 상황이었다.

'아무리 그분께서 부활하셨지만 과연 가능할까?'

현화단의 모두가 입 밖으로 내진 않았지만 의구심이 들었었다.

그런데 천마의 입에서 드디어 마교의 부활이 거론되었다.

"드디어! 드디어 신교로 돌아가시는 겁니까!"

그녀의 들뜬 목소리에 천마가 고개를 저었다.

"아?"

"그전에 들를 곳이 있다."

"들를 곳이라 하시면?"

"신교의 안가."

어떠한 무림의 조직이든 비밀리에 안가를 확보해 둔다.

마교 역시도 단일 집단으로는 무림에서 최대의 규모를 자랑하나, 세상일이라는 것은 어찌 돌아갈지 파악할 수가 없다.

그렇기에 마교에도 몇몇의 수뇌부만 알고 있는 숨겨진 안가가 존재했다.

"녀석은 어떻게 되었지?"

"녀석이라면… 아!"

약연이 참 난감하다는 표정을 지었다.

천마가 말하는 자가 누구를 의미하는지 약연을 잘 알고 있었다.

우스운 점은 그 누구도 그자를 녀석이라고 표현할 수 없었다.

마교에서 오직 천마만이 가능한 표현이었다.

"그렇지 않아도 빠른 쾌차를 보이고 계십니다."

"정신은 차렸나 보군."

"네, 지금은 무공을 회복 중이십니다."

"좋아. 그렇다면 더더욱 적기로군. 내일 당장 안가로 향한다."

"넵!"

악연의 흔쾌히 답했다.

그런데 남은 서류를 마저 훑어보던 천마의 눈에 이채가 띠었다.

"문율이 살아 있었나?"

"네. 그렇지 않아도 최근에 검문의 삼 제자인 설유라도 돌아왔지만, 그 전에는 북벌대의 참사에서 유일하게 살아남았다고 알려졌습니다."

천마 역시도 문율이 당시 흉터의 중년인에게 당했다고 알고 있었다.

그런데 그 와중에 살아남았다니. 질긴 생명력이었다.

"그래서 놈의 소재는?"

"문율은 자신의 세력권으로 돌아가 지금 회복 중인 걸로 알고 있습니다."

북벌대에서 유일하게 살아남았다고 알려진 문율.

그는 치명적인 중상을 입었지만, 살아 돌아와 근거지에서 몸을 회복하고 있었다.

문율이 죽었다고 판단했던 천마는 그에 대한 의문을 접었었다.

'그런 혼전에서 살아남았다라… 나중에 귀찮아질지도 모르겠군.'

확신은 아니었지만 그것은 예견이었다.

첫 만남부터 지속적으로 악연이 이어지는 문율이었다.

과거에는 단순히 귀찮은 존재로만 치부했던 자들이 어느 순간 난처하게 만드는 강적으로 나타난 적도 꽤 있었다.

'후환은 없애는 게 가장 좋지.'

천마는 절대로 상대를 얕보지 않는다.

그것이 그의 가장 무서운 면일지도 몰랐다.

"문율에 대해서 알아본 것은?"

"그게… 다른 여섯 명의 검하칠위와 다르게 출신이 불분명합니다."

"그동안 활동 기록은 있지 않나?"

"이상할 정도로 드뭅니다."

모용세가에 있을 무렵 천마의 명에 따라 문율을 조사했던 약연이다.

그러나 그를 조사하면서 이상한 점을 발견했다.

그의 세력권을 구축한 광동성 부근을 비롯해 현재의 정보는 가득하다.

문제는 과거의 행적이었다.

마치 과거를 버리거나 지운 사람처럼 정보가 없었다.

"하늘 아래로 갑자기 떨어진 사람처럼 아무런 정보가 없었습니다."

"흠?"

"단지 세간의 소문으로 그가 원래는 도로써 이름을 날린 고수였다는 얘기가 있더군요."

그나마 추측해 볼 수 있는 단서는 단 하나였다.

그의 무공의 연원이 도법이라는 것.

이것도 그나마 문율과 겨뤄봤던 고수들에게서 흘러나온 정보들이었다.

"흠."

"어떻게 할까요?"

"뭐, 조사는 그만둬라."

"네?"

"현화단에서 조사를 했는데도 계속해서 오리무중이라는 것은 답이 뻔하지."

"정보 차단!"

아무리 현화단이 정보 수집에 능한 조직이라고는 하나, 상대 역시도 정보 조직을 보유하고 있다면 그 이상의 정보를 얻긴 힘들 것이다.

"문율 놈의 움직임을 일거수일투족 계속 주시해라."

"알겠습니다."

'아아, 문율이라는 자가 정말 제대로 찍혔구나, 쯧쯧.'

약연이 속으로 혀를 차며 문율을 불쌍하게 여겼다.

어찌 본다면 문율은 찍혀서는 안 될 존재에게 찍힌 것이었다.

천마는 한번 적으로 인식한 자를 절대로 가벼이 여기지 않는다.

천마와 약연은 늦은 밤까지 현재의 정세에 관한 이야기를 나누다 잠이 들었다.

다음 날, 천마는 약연에게 새로운 지시를 내리고 남하했다.

그녀에게 새로운 역패를 받아 말을 타고 움직이니 이동이 한결 편해졌다.

며칠이 지나 하남에 들어설 무렵이었다.

하남의 서쪽 부근 숭산에는 구파일방 중에 무공에 시초라 불리는 달마 대사가 세운 소림사가 자리하고 있었다.

구파일방의 석좌를 차지하고 있는 소림사는 무공의 근원지답게 승려 한 명, 한 명이 일류 고수를 넘나드는 실력을 지니고 있다.

검문이 유일하게 무혈로 입성한 곳이 바로 소림과 개방이었다.

그들은 검문이 무림 제패를 위해 움직였을 때 다툼을 포기하고 무림맹의 가입을 천명했다.

이에는 소림과 개방의 구국애민 정신이 작용했다.

그들 문파는 무림의 일파였지만 무림의 판도보다는 국가와 국민이 위기가 닥쳤을 때만 움직이는 성향을 지녔다.

"소림의 땅이라……."

말을 몰고 있는 천마의 표정이 굳어 있었다.

하북에서 광주로 가장 빠르게 가기 위해서는 하남을 통과해야 했다.

하남의 숭산은 소림의 정기가 흐르는 곳으로 항마(降魔)의 대지라고 불린다.

여유가 있다면 산서성과 섬서성을 가로질러 가는 것이 편했지만 지금은 바쁜 시기였다.

"뭔가 꼬일 것 같은 느낌이군."

이상한 예감이 들었다.

선인이 되기 위해 원영신을 갈고 닦은 후로 천기를 읽는 정도는 아니더라도 길조와 흉조를 읽어내는 감이 높아진 천마였다.

늦은 오후 무렵, 천마가 숭산 부근을 지날 쯤이었다.

소림과는 떨어져 가기 위해 숭산을 둘러서 가던 천마는 멀리서부터 다가오는 익숙한 기운들에 고개를 절레절레 흔들었다.

"젠장, 재수 없는 예감은 항상 들어맞는군."

천마의 말이 끝남과 동시에 숭산 방향의 숲에서 인영들이 튀어나왔다.

노란 승복에 긴 곤봉을 들고 있는 열아홉 명의 승려였다.

탁!

그들은 경공을 펼쳐서 천마의 주위를 둘러쌌다.

그냥 지나치고 싶었으나 승려들이 천마의 주위를 둘러싸면서 진기가 가득해지자 달리던 말이 멈춰서고 말았다.

"말을 타신 시주께선 잠시 멈추시게!"

승려들 중에서 수염이 지긋한 노승려가 외쳤다.

노승려의 눈빛은 고승들에게서 볼 수 있는 짙은 불심으로 가득했다.

소림의 승려들의 기세에 천마가 어이가 없다는 투로 투덜거렸다.

"미친 땡중들이 이미 못 지나가게 막아놓고는 뭘 멈추라는 거야."

32장

소림 항마승

소림사의 중심에 있는 대웅보전.

그 안의 한가운데서 붉은 방석에 앉아 부처 불상을 향해 경을 외던 노승려의 표정이 심상치 않았다.

노승려의 옆에는 소림의 방장만이 지니는 신물, 녹옥불장이 누워 있었다.

그는 현 소림사의 방장인 원각 대사였다.

불심이 깊고 불경과 무공에 통달한 그는 무림에서도 명성이 드높은 인사였다.

평상시 항상 부처와 같이 자애로운 얼굴로 경을 외던 것과는 상반된 표정에 대불전 안의 분위기가 무거웠다.

"나무관세음… 흠."

염주를 매만지며 경을 외던 원각 대사가 갑자기 그것을 멈췄다.

이에 뒤에 앉아서 같이 경을 외던 승려들이 영문을 몰라 그를 쳐다보았다.

"허어."

원각 대사의 입에서 나오는 탄식에 승려들의 가운데 앉아 있던 노승려가 걱정스러운 목소리로 물었다.

"방장, 갑자기 왜 그러시는 것입니까?"

"원일 사제, 어제부터 녹옥불장에 묘한 떨림이 있었네."

"넷? 떨림이요?"

그의 말에 원일 선사의 목소리가 커졌다.

녹옥불장은 소림의 방장을 상징하는 신물이었다.

그러나 소림에서 녹옥불장은 방장을 상징하는 신물 이전에 대항마 법구로서 이름이 드높았다.

그런 녹옥불장에 떨림이 있다고 하니 원일 선사가 놀라는 것도 당연했다.

탁!

원각 대사가 대불전의 바닥을 내려치자, 옆에 누워 있던 녹옥불장이 일어났다.

꼿꼿하게 몸을 일으킨 녹옥불장은 놀랍게도 묘한 떨림이 있었다.

"허어! 어찌 이런 일이……."

신기와도 같은 법구 녹옥불장의 떨림이 의미하는 바는 하나였다.

요기나 마기를 감지해 낸 것이다.

그런데 이 녹옥불장의 신묘함은 단순히 감지하는 것만이 아니었다.

"이치가 맞지 않는 일이 일어난 게지."

녹옥불장이 대항마 법구라 불리는 이유는 이치를 흐트러뜨리는 존재를 감지하기 때문이다.

현세의 이치가 벗어난 것을 감지하는 법구인 녹옥불장이 떨린다는 건 심각한 일이라 할 수 있었다.

탁!

원각 대사가 녹옥불장을 쥐었다.

그리고 눈을 감았다.

불심이 깊은 원각은 녹옥불장의 신기에 감응하는 능력을 지녔다.

모두가 숨을 죽이고 그를 지켜보았다.

"어찌 이런… 나무관세음보살."

원각 대사가 감았던 눈을 뜨며 경을 외었다.

"어찌 그러십니까?"

"원일 사제, 지금 당장 종자배 항마 승려 열여덟 명을 데리고 숭산 동쪽으로 내려가 이치에 벗어난 존재를 잡아오게나."

"허어……."

종자배 항마 승려 열여덟 명의 의미하는 바가 컸다.

방장의 배분인 원자배의 바로 뒤의 배분이 종자배였다.

그런 종자배들 중에서도 항마 승려의 칭호를 받은 이들은 소림에서도 무공이 높았다.

그들 열여덟 명을 데려가라는 것은 십팔나한진을 펼칠 일이 생길 수도 있다는 의미였다.

'방장이 종자배 사제들을 데려가라는 것은 정말 심각한 일이로구나.'

그렇게 여긴 원일 선사가 합장을 하며 답했다.

"소림방장의 명을 받듭니다."

그 길로 소림의 나한당으로 달려가 종자배 승려 열여덟 명을 데리고 하산했다.

방장의 바로 아래 배분인 종자배로 십팔나한진을 염두에 두고 하산하는 경우는 근 몇백 년 만의 일이라고 할 수 있었다.

'대체 어떤 사악한 존재일까.'

숭산을 내려가는 원일 선사는 긴장하지 않을 수 없었다.

거의 산을 다 내려왔을 무렵, 말발굽 소리가 들려왔다.

'과연 방장 사형의 말이 맞았구나.'

그들은 말발굽 소리가 들리는 방향을 향해 경공을 펼쳤다.

원일 선사가 종자배 승려들에게 명했다.

"항마승들은 당장 진을 펼쳐 저자의 앞길을 막게!"

"합!"

그 말과 함께 종자배 승려들이 앞다퉈 달리는 말을 앞질러 길을 막아섰다.

말을 원진으로 둘러싸자 그 앞에 도착한 원일 선사가 말을 탄 존재를 쳐다보았다.

'아… 그저 평범한 청년으로 보이는데?'

예상한 것과는 다른 모습이었다.

악인이거나 흉폭한 마인으로 염려한 것과 달리 평범한 청년이었다.

단지 그 눈빛이 짙은 심연으로 가득하다는 것만 제외하면 말이다.

"말을 타신 시주께선 잠시 멈추시게!"

비록 앞을 막아서긴 했지만, 경고를 하는 것이 옳다고 생각한 원일 선사가 외쳤다.

그러자 말을 탄 청년이 황당하다는 표정을 짓더니 말을

했다.

"미친 땡중들이 이미 못 지나가게 막아놓고는 뭘 멈추라는 거야."

"미, 미친 땡중?"

청년, 아니, 천마의 거친 말투에 원일 선사 역시도 순간 말문이 막히고 말았다.

자신들이 소림의 승려인 것을 모르는 것일까.

땡중이라는 말에 황당해하는 것은 원일 선사만이 아니었다.

나한진의 원진을 펼치고 있던 종자배의 승려들도 인상을 찌푸렸다.

"시주께서는 참으로 입담이 거칠구려."

"입담 좋아하시네. 멀쩡히 지나가는 사람의 앞길을 막아놓고 무슨 헛소리를 하는 거냐?"

하지만 고승인 원일 선사가 그 정도에 흔들릴 리 만무했다.

"그리 생각했다면 소승이 사죄하리다. 하나 급한 사안이기에 이렇게 무례를 범하게 되었소이다."

원일 선사의 정중한 말에도 불구하고 천마는 짜증이 났다.

이래서 숭산 주위를 지나는 것을 꺼려했던 그였다.

일정한 마기를 넘어서면 반응하는 대항마 법구인 녹옥불장이 소림에 있었다.

“무례라… 그렇다면 왜 나를 막아선 거지?”

“잠시 시주께서는 본사로 같이 동행해 줬으면 하오.”

“동행?”

좋게 얘기하면 동행이었지만 결국은 강압적으로 따라오라는 말이었다.

천마는 혀를 차며 주위를 둘러보았다.

그의 주위를 둘러 싼 승려들의 몸에서 느껴지는 투기.

그것은 보통 고수들의 기운을 넘어서고 있었다.

‘항마승이로군.’

천 년 전에도 겪었던 소림사였다.

항마승들이 풍기는 기운을 천마가 모를 리 만무했다.

기분 나쁠 정도로 마기를 압박하는 불심의 기운은 천마의 심기를 불편하게 하고 있었다.

“동행이라… 크큭, 만약 거절한다면?”

천마가 살기 어린 눈빛으로 묻자 원일 선사가 진중해진 눈빛으로 답했다.

“그렇다면 강제력을 행할 수밖에 없네.”

“강제력? 강제력이라고? 하하하하하하핫.”

강제력이라는 말에 천마가 미친 듯이 웃기 시작했다.

누가 감히 자신에게 강제력을 행한단 말인가.

천 년 전에도 그렇고 지금도 자신에게 강제력을 행할 수 있는 자는 없었다.

"건방진 소림의 땡중들. 예전이나 지금이나 여전하군."

쏴아아아아!

소름이 돋을 살기가 천마의 몸에서 뿜어져 나왔다.

그 기운이 어찌나 강렬했던지 나한진을 펼치고 있던 항마승들이 순간 움찔했다.

원일 선사의 안색이 어두워졌다.

'어찌 인간의 몸으로 이런 살기를!'

"아미타불."

"그런데 어쩌나. 나는 네놈들을 따라갈 생각이 없는데."

천마의 단호한 거절에 원일 선사가 경을 외며 살기를 누그러뜨리려 했다.

원일 선사의 몸에서 불심이 담긴 정순한 기운이 흘러나왔다.

하지만 사방으로 퍼지는 천마의 살기는 누그러지기는커녕 더욱 짙어져 갔다.

"미리 경고하지, 땡중들."

"아미타불."

"쓸데없는 살생은 피하고 싶으니, 네놈들이야말로 물러서라."

소림의 무승들 역시 무림인이라고 하나 다른 이들과 달랐다.

비록 자신을 가로막긴 했으나 선도를 갈고닦은 천마로서 이들에게 살수를 펼치고 싶지는 않았다.

"아미타불. 그럴 순 없네. 시주의 몸에서 나오는 살기를 보니 더더욱 본사로 데려가야 하네."

"꽉 막혔군. 난 분명 경고했다."

천마가 말에서 내렸다.

그가 말 등을 툭, 하고 치자 말이 어슬렁어슬렁 나한진을 벗어났다.

말이 나한진을 벗어나자마자 항마승들의 몸에서 항마기의 기운이 강해졌다.

그들이 각자 기수식을 취하자 천마의 눈빛이 진지해졌다.

'나한십팔진(十八羅漢陣).'

소림이 자랑하는 진법이다.

무림 역사상 한 번도 무너진 일이 없는 진법인 나한백팔진의 소진법으로 합격을 펼치는 무공 중에서 상위에 해당한다. 이와 비견되는 것은 전진파의 천강북두진과 무당파의 태극진이 있다.

하지만 가장 완벽한 합벽을 자랑하는 것은 단연 나한십팔진이라 할 수 있었다.

"참으로 일수가 사나운 날이로군."

천마가 입맛을 다셨다.

천 년 전에도 소림의 나한진을 견식해 본 적이 있다.

엄밀히 얘기한다면 견식이 아닌 상대해 본 기억이 있었다.

'참으로 광오한 자로구나.'

원일 선사는 태평스럽게 불평 불만을 내뱉는 천마의 태도에 알 수 없는 불안감을 느꼈다.

소림의 나한진은 무림의 어떠한 고수라도 방심할 수 없는 절세의 진법이다.

그런 진법 앞에서 여유로움이 넘쳤다.

"나한곤봉."

"합!"

원일 선사의 말이 떨어짐과 동시에 항마승들이 곤봉을 붕 휘둘렀다.

열여덟 명의 소림 승려들의 손에서 펼쳐지는 곤봉술은 장관이었다.

"흥!"

천마의 신형이 번개처럼 나한진을 펼치는 한 항마승에게로 향했다.

갑작스러운 출수에 놀란 항마승이었지만 침착하게 곤봉을 휘둘렀다.

깡!

"헛?"

휘두르는 곤봉을 오른손으로 쳐냈는데, 쇳소리가 들리자 항마승이 당황해했다.

천마의 좌수가 항마승의 목을 노렸다.

그러나 옆에서 쇄도해 오는 곤봉에 천마는 좌수를 거둬야만 했다.

'역시 빠르게 대응하는군.'

열여덟 명이나 되는 나한진은 쉴 새 없이 상대를 몰아붙인다.

회수한 좌수를 그대로 놀게 할 천마가 아니었다.

팍! 꽉!

"아닛?"

쇄도한 곤봉의 끝을 그대로 잡아낸 천마였다.

설마 곤봉을 잡을 거라고 생각지 못했던 항마승은 놀랐지만 공력을 끌어 올려 그것을 뿌리치려 했다.

'무, 무슨 공력이……'

급하게 팔 성 이상으로 공력을 끌어 올렸지만 꿈쩍도 하지 않았다.

아무리 봐도 약관에 불과한 청년의 모습이었는데, 그 공력을 가늠하기 힘들었다.

천마가 곤봉에 압력을 가하자 항마승이 쥐고 있던 곤봉이 갈라지기 시작했다.

"일단 곤봉부터!"

쩌적! 파앙!

"큭!"

항마승이 쥐고 있던 곤봉을 갈라지더니 터져 나갔다.

덕분에 항마승의 몸에 터진 곤봉 조각들이 박히며 노란 승려복을 붉게 물들였다.

"쿨럭!"

항마승의 입에 선혈이 뿜어져 나왔다.

천마가 노림수가 바로 이것이었다.

'크큭, 진법이 별것 있나. 한 놈만 처리해도 허점이 드러나는 것이 진법이지.'

아무리 무림 역사상 깨진 적이 없는 무적의 나한십팔진이라고 해도 한 명만 부재하면 그 위력이 크게 반감하고 만다.

제대로 진법이 펼쳐지기 전에 기습적으로 노린 것도 이 때문이었다.

"쿨럭쿨럭! 이 비겁한 자가……."

"비겁은 개뿔이! 열여덟 명이서 한 사람한테 덤비는 것들이!"

천마가 우습다는 듯이 소리치며 피를 쏟는 항마승을 향해 일장을 날렸다.

팡!

그러나 그 앞을 다른 누군가가 막아섰다.

그는 다름 아닌 원일 선사였다.

순식간에 항마승 한 명을 죽음 직전까지 몰아세우자 놀란 원일 선사가 나선 것이었다.

'제법이군.'

원일 선사와 일장을 맞부딪치자 공력의 여파로 주위에 바람이 몰아쳤다.

항마승들 역시도 공력이 상당했으나 원일 선사와 비교할 수 없었다.

반면 원일 선사의 안색은 어둡기 그지없었다.

'허어, 어찌 젊은 시주가 이런 심후한 공력을 지녔단 말인가.'

* * *

한 명이라도 공석이 생기면 안 되는 나한십팔진.

그것을 노렸으나 아쉽게도 불발되고 말았다.

원일 선사는 빠르게 중상을 입은 항마승의 자리를 채웠다.

탓!

천마와 일장을 교환했던 원일 선사가 먼저 손을 뗐다.

원일 선사의 오른손이 부들부들 떨려왔다.

천마의 심후한 공력의 여파가 그대로 남아 있었기 때문이었다.

"칫!"

반면 천마의 오른손은 붉게 달아올라 있었다.

그것은 불심이 가득한 항마기가 실린 일장과 교환했기 때문이었다.

마기가 가득한 현천신공과는 상성 관계였다.

"역시 시주는 사악한 기운을 지녔구려!"

원일 선사가 일갈을 내뱉었다.

그 정도 되는 고승이 마기를 느끼지 못했을 리가 없었다.

처음에는 천마의 젊은 모습에 뭔가 잘못되었다고 생각한 원일 선사였다.

절정의 고수들로 이뤄진 종자배 항마승들을 굳이 데려올 필요가 있을까 여겼던 그는 그제야 녹옥불장의 신기에 감탄했다.

마기를 지닌 마인이라면 응당 불가에 귀의한 자로서 그 불순함을 씻겨내야 했다.

"더더욱 시주를 보내줄 수가 없소."

"후우, 이래서 땡중들이란."

천마는 더 이상 말을 섞는 것을 포기했다.

아무리 호전적인 천마라고 하나, 소림의 중들을 상대하는 것만큼은 피곤하기 짝이 없었다.

소림의 승려들은 불의라고 판단하면 물러서지 않는다.

"순순히 따라오시오!"

원일 선사의 말이 끝남과 동시에 진정한 십팔나한진이 발동했다.

곤봉을 든 항마승들이 동시에 땅을 향해 곤봉을 내려치자 팽배해진 진기가 지축을 흔들었다.

쾅!

그 순간 원일 선사의 권과 함께 열일곱의 곤봉이 천마를 향해 쇄도했다.

그 기세는 화경의 고수가 펼치는 강기를 넘어설 정도였다.

"젠장."

천마의 입에서 거친 소리가 튀어나왔다.

이런 상황 때문에 완벽한 나한진이 펼쳐지는 것을 막으려 했던 그였다.

그를 향해 쇄도하는 곤봉의 향연에 천마가 부드럽게 팔을 회전시키자 부드러운 장결이 일어났다.

천마가 자랑하는 이절 중 하나인 현천유장의 초식이었다.

타타타타탁!

천마가 아래로 향했던 손을 위로 뻗자 그에게 쇄도했던 곤봉이 위로 치솟았다.

덕분에 곤봉에 실렸던 기세가 하늘로 솟구쳤다.

유로서 강에 대응한 것이었다.

"허어?"

원일 선사의 입에서 탄성이 흘러나왔다.

나한진의 시작이라 불리는 일 초식 나한곤격을 이런 식으로 대응한 자는 처음 보았다.

'젊은 나이에 어찌 이런 부드러움을 겸비했단 말인가.'

마치 오황의 일인이라도 상대하는 것 같았다.

"합!"

놀라는 것도 잠시, 항마승들이 일갈을 터뜨리며 나한진의 이 초식인 나한곤망이 펼쳐졌다.

위로 치솟았던 곤봉이 아래로 내려치며 강기의 망을 만들어냈다.

마치 해를 가리는 구름과도 같은 무거움이 압박해 왔다.

'이건 적당히 안 되겠군.'

혼자서 펼치는 초식과 다르게 좌우사방으로 빈틈없이 곤망을 만들었기에 장법으로 대응하기 힘들었다.

"현천!"

챙!

천마가 손을 뻗자 허리춤에 있던 검집에서 현천검이 그 모습을 드러냈다.

석 달 전만 하더라도 금이 가 있던 흑색 현천검은 영롱한 자태를 자랑하며 날카로운 예기와 함께 그 모습을 드러냈다.

천마의 손에서 현천검이 들어오자 그 기세가 돌변했다.

채채채채채챙!

귀가 찢어질 듯한 쇳소리.

검과 곤이 부딪치는 소리가 주위가 떠나갈 듯이 울려 퍼졌다.

그러자 나한진을 펼치는 항마승들의 얼굴이 경악으로 물들어갔다.

현천검을 쥔 천마의 검법은 신기와도 같았다.

촤촤촤촉!

틈이 없을 거라 여겼던 나한진의 곤망 사이로 천마의 검이 찔러 들어오며 항마승들의 요혈을 노렸다.

"크윽!"

"컥!"

검에 찔린 항마승들의 입에서 고통의 신음성이 터져 나왔다.

항마승들이 그것을 피하고 싶었으나 진법의 단점이 여실히 드러났다.

초식의 합벽을 펼치는 도중이었기에 그들의 하나하나가 연계가 되어 있어 진을 펼치는 것을 그만둘 수가 없었다.

"해(解)!"

원일 선사의 외침과 동시에 나한진을 펼치던 항마승들이 거리를 벌리며 사방으로 산개했다.

"크큭, 판단이 빠르군."

천마가 사방으로 물러서는 그들을 비웃었다.

분한 마음이 들었지만 조금만 늦었다면 그들 중에 사상자가 발생했을 것이다.

원일 선사는 눈빛에 당혹스러움이 서려 있었다.

'기이하도다. 이자는 나한진을 경험해 본 사람 같지 않은가?'

아무리 소림이 자랑하는 나한진이라고 해도 초식에 허점이 없을 리가 없었다.

그러나 처음 초식을 겪는 이들이라면 무림의 최고수라 해도 단번에 허점을 찾아내는 것이 힘들다.

"시주, 대체 정체가 무엇이오?"

당금 무림의 젊은 고수들 중에 이런 자가 있다는 말은 들어본 적이 없었다.

원일 선사의 물음에 천마가 대수롭지 않게 답했다.

"알 바 없잖아."

"허어."

정체를 드러낼 생각 따윈 없는 천마였다.

원일 선사는 당황해하면서도 천마의 정체에 대해 더더욱 의구심이 갔다.

'무서울 정도의 검법을 가진 시주다. 저런 자가 정도를 걷는다면 좋을련만.'

바로 그때였다.

털썩!

나한진을 펼쳤던 항마승들의 일부가 갑자기 자리에 주저앉았다.

주저앉은 항마승들은 하나같이 진땀을 흘리며 경을 읊기 시작했다.

"이게 무슨?"

놀란 원일 선사가 옆에 있던 항마승을 살폈다.

진땀을 흘리며 경을 외는 항마승들은 천마의 검초에 검상을 입은 자들이었다.

경을 외는 그들의 상처 부위에서 흑색 아지랑이가 피어오르고 있었다.

"읏! 이건… 마기?"

흑색 아지랑이는 다름 아닌 마기였다.

천마의 검초에 당한 항마승들의 몸으로 마기가 침투했던

것이다.

현천검에서 흘러나오는 마기는 그 순도가 높기에 아무리 고명한 승려라도 쉽게 그 기운을 제압하기 힘들었다.

"허어, 어찌 이런 일이……."

여섯 명이나 되는 항마승들이 주저앉았다.

원일 선사를 비롯한 항마승들이 천마를 상대하기 전에 간과한 점이 있었다.

불심이 가득한 항마기를 지닌 그들은 마기나 사기와 같은 기운을 제압할 수 있다.

반대로 그런 항마기에 대항할 수 있는 기운 역시도 마기였다.

"멍청하긴. 네놈들의 알량한 항마기가 나의 마기에 대항할 수 있을 것 같았느냐."

마맥을 통해 천 년 동안이나 잠재되었던 순도 높은 마기를 얻은 천마다.

아무리 정순한 항마기라 할지라도 그 농도가 달랐다.

"아미타불! 시주의 악한 기운이 하늘을 찌를 듯하구려!"

"웃기는군. 그저 네놈들이 약했을 뿐이다."

원일 선사의 얼굴에 그늘이 졌다.

불심이 깊은 항마승들이 마기를 몰아내느라 여력이 없을 정도면 보통 마인이 아닌 듯했다.

나한십팔진에서 여섯 명이 부재한다면 그 위력은 그저 절정 고수들의 합벽에 불과했다.

"시주께선 결국 본승을 나서게 하시는구려."

원일 선사의 몸에서 정순하면서 웅장한 기운이 발산되었다.

소림의 방장 항렬인 원자배에서 다섯 손가락에 꼽히는 고수이면서 소림십계 중에 투계를 맡고 있는 그였다.

"호오?"

원일 선사의 몸에서 나오는 기운은 화경에 달해 있었다.

과연 무공의 본산지인 소림이라고 할 수 있었다.

나한십팔진을 펼치는 항마승들과 공력을 낮췄지만 혼자일 때는 달랐다.

"시주께 한 수 배우겠소."

원일 선사의 신형이 빠르게 천마에게 쇄도했다.

그의 손에서 펼쳐지는 소림의 칠십이절예 중 항마복호장법이다.

정순한 불심이 담긴 장법은 화려함보다 진중함이 담겨 있었다.

파파팍!

검을 쓸 거라 여겼던 천마가 검을 다시 검집에 넣더니, 장법으로 대응했다.

흑색 기운이 넘실거리는 현천유장과 정순하면서 밝은 기운을 머금은 항마복호장법이 부딪치며 퍼져 나가는 여파는 가히 장관이었다.

"하압!"

원일 선사의 손에서 펼쳐지는 항마복호장법의 초식들은 소림의 정수를 녹여내고 있었다.

그의 내공은 역근경을 바탕으로 하고 있기에 정순하기 이를 데 없었다.

'과연 소림이로군.'

내색을 하진 않았지만 천마는 감탄했다.

천 년이라는 세월 속에서 전혀 퇴보하지 않고 오히려 더 발전했다.

오랜 세월이 지난 문파는 스스로의 틀에 갇히게 마련인데, 과거에 겪었던 초식들에 비해 단점이 보완이 되어 있었다.

'과연 무림의 근원이라 불릴 만하군.'

하지만 승부는 냉정한 법이다.

천 년 전에도 소림십계 전부와 동시에 겨뤄도 압도했던 천마였다.

아무리 과거 전성기 때의 육신은 아니었지만 북해에서 무위를 일부 되찾은 그였다.

"이럴 수가……."

"투계승인 원일 선사에게 밀리지 않다니."

"믿을 수가 없네. 대체 저 시주의 정체가 무엇이란 말인가?"

항마승들은 믿기지 않는다는 얼굴로 그들의 대결을 지켜보았다.

무인으로서 감탄을 금치 못할 정도로 둘의 대결은 고절한 초식의 향연이었다.

십 수 초식을 맞부딪치며 원일 선사의 안색이 어두워졌다.

"허어."

원일 선사가 탄식을 내뱉었다.

'고작 약관에 불과한 청년의 무공 수위가 화경에 이르다니…….'

원일 선사는 수십 년 동안 역근경과 소림 칠십이절예의 반을 갈고닦아 경지에 올랐다.

그런데 눈앞의 청년이 화경의 경지임을 깨닫자 허탈감을 느낀 원일 선사다.

그렇다고 경험 면에서 부족한 것도 아니었다.

천마의 현천유장은 구름처럼 부드럽고 물처럼 흐르듯이 이어졌다.

파팍!

"헛?"

기이한 각도에서 꺾어오는 천마의 일장에 원일 선사의 오른쪽 어깨에 적중했다.

묵직한 통증과 함께 선혈이 치솟았다.

"크윽!"

'초식에서도 본승이 밀리다니.'

원일 선사의 몸에서 역근경의 정순한 기운이 침투하려는 마기를 배척해 냈다.

그의 어깨에서 흑색 아지랑이가 피어올랐다.

'정말 심후한 내공이로군.'

천마의 신형이 뒤로 살짝 밀려 있었다.

그것은 순수한 내공 면에서 원일 선사가 그를 앞섰기 때문이었다.

덕분에 초식이 적중했으나 강한 반탄력이 일어나며 튕겨진 것이었다.

"허어, 시주는 정말 뛰어난 인재이구려. 노승이 감탄을 금치 못하겠소."

원일 선사가 진심으로 감탄했다는 듯이 그를 칭찬했다.

마기를 가진 마인을 떠나서 무인으로서 인정하는 것이었다.

"땡중도 만만치 않군. 제법이야."

천마 역시도 오랜만에 만난 심후한 내가고수인 원일 선사를 칭찬했다.

그러나 다음에 이어지는 원일 선사의 말은 천마의 심기를 어지럽혔다.

"안타깝네. 마기를 익힌 마인이 아니었다면 정도의 인재가 되었을 텐데."

"정도의 인재?"

천마의 한쪽 눈썹이 치켜 올라갔다.

무인 이전에 원일 선사는 불경을 익히고 불심을 갈고닦는 소림의 승려였다.

그와 항마승들은 마기를 가진 마인을 용납할 수 없었다.

"본 노승의 목숨을 던져서라도 그대를 잡아야겠네."

원일 선사의 몸에서 강렬하면서도 눈이 부신 황금빛이 흘러나왔다.

그것은 원일 선사의 정순한 역근경의 본신진기를 끌어 올리면서 나오는 후광이었다.

"원일 선사!"

"안 됩니다! 원일 선사!"

항마승들이 당황한 나머지 그를 만류하려 했다.

그러나 원일 선사는 강한 결의가 담긴 눈빛으로 그들을 바라보며 고개를 저었다.

"아아……."

그들의 눈에 숙연함이 가득해졌다.

소림의 노승이 자신을 희생해서 마인을 제거하려는 그 마음을 막을 수가 없었다.

그런 그들의 귓가로 들려오는 이죽거리는 목소리.

"아주 꼴값들을 떠는구만."

그 순간이었다.

좌악!

믿기지 않는 일이 일어나고 말았다.

분수처럼 뿜어져 나오는 핏줄기 사이로 떨어지는 무언가.

그것은 원일 선사의 머리였다.

마치 시간이 천천히 흐르는 것처럼 항마승들의 동공에 원일 선사의 얼굴이 들어왔다.

황당하다는 표정으로 떨어지는 그의 머리.

데굴데굴.

탁!

그런 원일 선사의 머리를 발끝으로 잡아낸 천마가 짜증나는 투로 말했다.

"미친 땡중이 내가 자폭하려 드는 걸 기다려 줄 줄 알았나!"

* * *

동귀어진을 시도하려 했던 원일 선사의 어이없는 죽음에 항마승들의 올곧던 눈빛이 뒤틀렸다.

그것은 분노라는 불꽃과도 같은 감정을 머금고 있었다.

불도를 닦는 이들이었지만 스승과도 같은 원일 선사의 죽음은 그들이 불도를 통해 부단히 다스리려 하는 칠정의 감정을 자극시켰다.

"원일 선사!!!"

"이런 천인공노할 자를 보았나!"

"비겁하게 진기를 모으는 자를 공격하다니!"

분노한 항마승들은 천마를 향해 적의감을 드러냈다.

하지만 천마는 전혀 개의치 않는 듯 오히려 원일 선사의 머리를 그대로 밟아버렸다.

우드득!

목이 베인 것도 모자라 원일 선사의 머리가 으깨져 버렸다.

눈을 뜨고 보기 힘들 지경이었다.

표정 한번 변하지 않고 저지르는 그의 행동에 항마승들은 등줄기부터 솟구치는 오싹함을 느끼며 순간 말문을 잃고 말았다.

천마는 그런 항마승들을 비웃기라도 하듯 말했다.

"쯧쯧, 웃기는 놈들이군."

혀를 차는 천마의 말에 창백하게 얼굴이 질려 있던 한 항마승이 소리쳤다.

"인간의 탈을 쓰고 어찌 이럴 수 있단 말이오!"

"무슨 개소리야."

"개소리라니!"

"멀쩡히 지나가는 사람을 붙잡아 공격하지를 않나."

"……."

"본신진기를 끌어 모아서 동귀어진을 시도하는 놈을 베었다고 비겁하다고 하질 않나."

"그, 그건……."

콱!

"컥컥!"

순식간에 항마승의 앞으로 다가온 천마가 그의 목젖을 잡았다.

항마승이 그것을 뿌리치려 했지만 천마의 눈과 마주치는 순간 아무 생각도 할 수 없었다.

'부, 붉은 눈?'

살기가 짙어지며 붉은 안광을 내뿜는 천마의 동공.

항마승이 되고 난 이후로 처음 느껴보는 공포감에 항마승의 이마에 식은땀이 송골송골 맺혔다.

그런 항마승의 귓가로 천마가 나지막한 목소리로 말했다.

"네놈들이 자초한 거다."

푹!

항마승의 목젖이 뽑히며 그는 신음 소리조차 내지 못하고 즉사하고 말았다.

자신들의 사형제가 잔인한 손속에 죽는 것을 목격한 항마승들은 결국 그 분노를 이겨내지 못했다.

"이 천인공노할!"

"입으로만 부르짖지 말고 덤벼."

자극하는 천마의 말에 결국 항마승들이 출수했다.

항마승들이 일제히 덤벼들자 천마의 입꼬리가 싸늘하게 올라갔다.

검을 든 천마는 아수라, 아니, 마신과도 같았다.

항마승들이 곤봉에 항마기를 담아서 합공을 펼쳤지만 중과부적이었다.

절정의 고수들로 이루어진 항마승들이었지만, 나한십팔진을 펼치지 못하는 순간부터 그저 절정의 고수들의 연합에 불과했다.

촤악!

"끄악!"

비명 소리가 끊이질 않았다.

천마가 검을 한 번 휘두를 때마다 그들의 팔과 다리, 몸통이 베어 나가며 피를 흩뿌렸다.

불과 일각도 되지 않았는데 서 있는 사람은 오직 천마뿐이었다.

"후우."

천마의 옷은 온통 피로 젖어 있었다.

무림의 성역이라 불리는 소림의 숭산 초입이 피비린내로 진동했다.

"쿨럭!"

"호오?"

바닥에 쓰러진 항마승들 중 유일하게 살아남은 이가 있었다.

핏기 없는 얼굴로 선혈을 흘리는 항마승의 앞으로 천마가 다가갔다.

눈앞에 천마가 다가오자 항마승은 살기 어린 눈빛으로 그를 노려보았다.

"쿨럭쿨럭… 이… 이런 짓을 하고 무사할 것 같소?"

"글쎄? 무사할 것 같은데."

자신감을 넘어서 광오하기까지 한 천마의 말에 항마승이 기가 차다는 표정을 지었다.

그러나 곧이어 항마승은 숨이 넘어갈 것 같은 목소리로 경고했다.

"하아… 쿨럭쿨럭… 소림이… 소림이 그대를 용서치… 않을 것이오!"

그런 그의 귓가에 천마가 속삭이듯 말했다.

"뭐, 누가 했는지 알게 된다면 말이지."

천마의 말을 들은 항마승은 눈을 부릅떴다.

"이… 이이… 으으……."

그는 말이 끝나기도 전에 숨을 거뒀다.

눈을 부릅뜨고 숨을 거둔 항마승은 마지막까지 그 분함을 이기지 못했다.

천마가 그런 그를 보며 한숨을 내쉬었다.

"후우, 여전히 흑백논리로군."

천마가 손을 내밀자 그의 몸에서 나온 흑색 운무가 사방으로 퍼져 나가더니, 바닥에 널브러진 시신들을 감쌌다.

놀라운 일이었다.

운무에 휩싸인 시신들은 일그러지듯 압축되더니 사라지고 말았다.

남은 흔적이라고는 바닥에 흩뿌린 핏자국 외에는 아무것도 남아 있지 않았다.

천마가 손을 잡아당기는 시늉을 하자 바닥의 핏자국에서 검은 아지랑이가 피어오르며 증발했다.

"누가 했는지 실컷 고민해 봐라, 크큭."

말에 오르며 천마는 소림을 조롱하며 떠났다.

천마가 숭산을 떠난 지 얼마 되지 않아 소림사에서 이 사실을 알게 되었다.

방장인 원각 대사가 사태를 심각히 여겨 소림십계를 이끌고 직접 숭산의 초입까지 내려왔다.

"허어, 아미타불."

원각 대사는 코끝을 찌르는 피비린내에 인상을 찌푸렸다.

바닥 여기저기에 있는 핏자국만 보더라도 이곳에서 무슨 일이 있었는지 짐작할 수 있었다.

불도를 닦는 그들의 평정심이 흔들렸다.

"방장 사형."

"알아냈는가? 원오 사제."

소림 십계 중 주계승을 맡고 있는 원오 선사가 고개를 좌우로 흔들었다.

참사를 일으킨 흉수에 대한 흔적을 찾으려 했으나, 어떻게 시신을 처리했는지 남아 있는 잔재가 아무것도 없었다.

그나마 있는 것이라고는 바닥의 핏자국뿐이었다.

"하아……."

원각 대사는 이 모든 것이 자신의 업보처럼 느껴졌다.

화경의 고수인 원일 선사와 십팔나한진이면 충분히 정체 모를 이치에 벗어난 자를 제압할 수 있으리라 여겼었다.

'좀 더 신중하게 대했어야 했건만.'

비록 검문과의 싸움을 피하고 무림맹에 입맹했지만, 무공의 본산이라 불리는 소림에 대한 자부심을 가지고 있던 그였다.

바로 그때였다.

"방장 사형!"

"원명 사제."

소림십계 중 탐계승을 맡고 있는 원명 선사였다.

원명 선사가 무언가를 발견했는지 원각 대사를 그곳으로 불렀다.

"방장 사형, 이걸 보시죠."

"이건?"

원명 선사가 발견한 것은 나무에 튀어 있는 핏자국이었다.

하지만 그것이 가지고 있는 흔적이 있었다.

원각 대사는 핏자국에서 흘러나오는 미세한 마기를 감지할 수 있었다.

"아미타불."

아주 희미하게 남아 있는 마기.

그것만으로도 강렬한 투쟁심과 살의에 대한 욕구가 치솟았다.

하지만 그들은 불도를 닦는 승려들이었다.

원각 대사가 경을 외자 항마기가 발산되며 핏자국에 남아 있던 마기가 아지랑이처럼 피어올라 소멸되었다.

"크으! 으아아아!"

쾅!

뒤에서 들리는 굉음 소리.

뿌연 먼지와 함께 바닥에 거대한 폭의 구덩이가 생겨났다.

깊게 팬 구덩이 안에 상의를 입지 않고 굵은 염주만을 목에 매고 있는 우락부락한 근육질의 노승려가 있었다.

"원강 사형!"

방장인 원각 대사에게는 유일한 사형이 있다.

그는 소림에서 백 년에 한 번 나올까 말까 한 무재라 불리는 원강 선사였다.

소림에서 유일하게 소림 칠십이절예의 대다수의 무공을 익힌 그는 차기 방장으로 거론되던 인물이었다.

하지만 워낙 투쟁심이 강하고 호전적인 성향으로 인해 방장이 될 수 없었다.

그래서 오른 자리가 소림의 살계승이었다.

소림에서 유일하게 중원 전역을 돌며 악을 멸하는 십계였다.

"방장 사제!"

"원강 사형, 진정하시오."

"지금 진정하게 생겼나!"

"아미타불!"

원각 대사가 그의 노한 심기를 다스리게 하기 위해 경을 외었다.

불심이 가득한 원각 대사의 경에 담긴 정순한 세수진경의 기운에 살의가 치솟았던 원강 선사의 난폭함이 가라앉았다.

이성을 되찾은 원강 선사는 눈썹을 파르르 떨며 말했다.

"방장 사제, 이미 흉수에 대한 답이 나왔네. 이는 필시 마교에서 저지른 것이야."

"그것은 그리 쉽게 단정 지을 수 없소."

원각 대사가 고개를 저으며 타이르듯이 말했다.

이에 원강 선사가 이해할 수 없다는 투로 언성을 높였다.

"그럼 대체 어떤 누가 마기를 다룰 수 있단 말인가!"

"사형, 지금의 마교는 정파 무림맹에 항복하고 내전마저 겪어서 교주가 바뀌었소. 그런 그들이 본사를 상대로 이런 일을 벌이긴 힘드오."

원각 대사의 말에 다른 십계승들도 일리가 있다며 동의했다.

내전마저 겪어서 힘이 약화되어 내실을 다져야 할 마교가 구파일방의 실질적인 상징이라 할 수 있는 소림사를 건들기에는 무리수가 있었다.

"크아아아! 원일 사제와 종자배 항마승들의 죽음은 무엇으로 보상받는단 말인가!"

원강 선사가 분한지 하늘을 쳐다보며 부르짖었다.

그때 그의 뒤로 원명 선사가 다가왔다.

"사형, 아직 분할 건 없소. 여길 보시오."

"엇?"

원명 선사가 손가락으로 가리키는 곳을 바라보니 바닥에 말발굽이 보였다.

선명한 말발굽 자국은 분명 흉수가 남긴 흔적이 틀림없었다.

'시신은 처리했지만 급하게 도망간다고 말발굽 자국은 지우지 못했구나!'

원각 대사는 원명 선사가 발견한 말발굽을 보며 다행이라 생각됐다.

그러나 흉수가 혹시나 여럿이지 않을까 여겼는데, 말발굽을 살펴보니 단 한 필뿐이었다.

그것이 의미하는 바가 컸다.

'혼자서 나한십팔진과 더불어 화경의 고수를 상대할 정도로 전율적인 고수다.'

어지간한 고수는 가볍게 제압할 수 있는 전력을 혼자서 전멸시켰다.

그런 자를 추적하려면 적어도 지금 전력의 두세 배가 필요할 것이다.

"방장 사제! 내가 당장 추적해서 그 흉수를 제거하겠네!"

원강 선사가 흥분한 얼굴로 허락을 요구했다.

말발굽 자국이 있었기에 서두른다면 충분히 따라잡을 수 있는 상황이었다.

그러나 원각 대사는 고개를 저으며 그를 타일렀다.

"그것은 안 되오, 사형."

"대체 뭐가 안 된다는 겐가!"

"혼자서는 안 된다는 것이오."

"본승을 믿지 못하겠는가! 혼자서도 충분히 그 흉수를 잡아올 수 있네!"

원강 선사의 몸에서 투기가 흘러나왔다.

그 투기가 어찌나 강렬했던지 주변에 있던 이들의 살갗이 따가울 정도였다.

과연 소림에서 무공으로는 가히 범접할 자가 없다고 불리는 살계승다웠다.

'허어, 정말 대단하군.'

'이번에도 무공이 진일보했다더니 사실인가 보네.'

십계승은 놀라운 그의 기세에 감탄을 금치 못했다.

마치 투신이 강림한 것 같은 기세에도 불구하고 원각 대사는 고개를 저었다.

"사형이 강한 것은 알고 있지만 이번 일에는 신중을 기해야 하오. 그러니 다른 십계승인 원명과 원오 사제, 그리고 항마승들을 데리고 가시오."

"아니, 방장 사제. 본승이 혼자서……."

"방장으로서의 명이오."

쾅!

원각 대사가 녹옥불장으로 바닥을 내려치자 원강 선사가 급히 무릎을 꿇고 명을 받았다.

아무리 성미가 급한 원강 선사이지만 소림에서 방장과 녹옥불장의 권위는 절대적이었다.

"흉수를 되도록 잡아서 구금토록 하고, 그게 여의치 않는다면 살계를 허락하겠소."

"방장의 명을 받듭니다."

소림사에서 파견한 추격단은 그 전력이 어지간한 중소문파 정도는 가볍게 처리할 정도로 구성이 되었다.

오랜 세월 동안 무림사에 간섭하지 않고 나서지 않았던 소림이 한 명의 흉수를 잡기 위해 몸을 일으켜 세운 것이었다.

살계승, 원강 선사를 필두로 세 명의 십계승과 마흔 명의 항마승이 곧바로 여장을 꾸려서 추적에서 나섰다.

전력으로 경공을 펼쳐서 추적에 나선 그들은 예상치 못한 상황에 직면하고 만다.

숭산에서 남하해서 계속 내려가면 호북성에 이른다.

호북성의 북쪽에는 도교의 영산이 불리는 무당산이 있는데, 그곳에는 구파일방 중에서 도가의 최고봉이라 불리는 무당파가 자리 잡고 있다.

"이게 대체 무슨?"

원강 선사를 비롯한 십계승들은 당혹스러움을 금치 못했다.

한참을 남하하던 말발굽이 무당파의 초입이라 불리는 해검지 쪽으로 이어지는 것이 아닌가.

"원강 사형, 여기서부터는 무당의 영역입니다."

으득.

잠시 가던 길을 만류하는 원명 선사의 말에 원강 선사가 입술을 깨물었다.

그렇다면 흉수는 무당파와 관련된 자란 말인가.

하지만 무당파는 도교를 숭상하고 도를 닦는 곳이었다.

정도 중의 정도라고 할 수 있었다.

숭산에서 이어져 온 말발굽 자국은 이곳 무당산으로 이어졌다.

한참을 고민하던 원강 선사는 결국 결심했다.

"무당파라도 상관없다. 숭산에서 벌어진 혈사에 당한 사제와 제자들의 피가 아직 마르지 않았는데, 이것저것 따질 겨를 따윈 없다."

결국 추적단은 무당의 영역으로 들어섰다.

영성이 높기로 유명한 무당에는 평소에도 수많은 방문객으로 사람이 붐빈다.

안에는 작은 연못과 그 옆에 누각이 있는데, 해검지와 해검각이었다.

웅성웅성!

갑작스럽게 나타난 노란 승복을 입은 소림사 승려들의 등장에 수많은 인파의 시선이 집중되었다.

한 번도 소림사의 중들이 대거 밖으로 나온 모습을 본 적이 없었다.

더군다나 도가의 성역이라 불리는 무당파에 소림사의 승려들이란 참으로 모순적인 광경이라 할 수 있었다.

해검각의 각주를 맡고 있는 도사 윤평은 밖이 소란스럽자 잠시 객들을 마다하고 해검각을 벗어났다.

'응? 저들은 소림의 승려들이 아닌가.'

도사 윤평은 갑작스러운 소림사 승려들의 등장에 의아함을 감출 수가 없었다.

자신이 이곳 무당의 초입인 해검지를 맡은 후로 한 번도 소림의 승려들이 무당산을 오른 적이 없었다.

애초에 불가와 도가라는 분명한 선이 있기도 했다.

"엇?"

그런데 소림의 승려들이 해검지 방향으로 걸어오고 있었다.

걷는 것을 보아하니, 해검각에 들르려는 것이 아니라 통과를 할 작정으로 보였다.

결국 각주인 윤평과 그를 돕는 도사들이 나서서 그들의 앞을 가로막았다.

"원시천존, 원시천존, 소림의 선사님들께서 무슨 일로 무당산을 오르시려고 하시는 겁니까?"

윤평이 가로막자 원강 선사가 인상을 찌푸렸다.

해검지를 통과하지도 않았는데 벌써 무당의 도사들과 마주칠 거라 여기지 못했던 그였다.

사실은 몰랐다고 해야 맞았다.

무당파의 해검지가 유명한 것은 이곳 무당산에 오르려는 객이나 무인들의 무기를 해검지에 맡기고 가야만 하기 때문이었다.

무림에서 유명한 소문이기는 하나 직접적으로 무당산에 오른 적이 없는 소림의 승려들이 그것을 알 리 만무했다.

"아미타불!"

그때 원강 선사의 앞으로 원명 선사가 나섰다.

호전적인 원강의 성향에 혹시나 말실수라도 할까 걱정되어서였다.

"이렇게 무당의 도사를 뵙게 되어 반갑습니다. 빈승은 무당의 십계승 중 탐계를 맡고 있는 원명이라 합니다. 이분은 주계를 맡고 있는 원오 선사, 그리고 살계를 맡고 계신 원강 선사십니다."

"소림십계승! 소림혈승 원강 선사?"

소림십계승이란 것과 원강 선사라는 말에 해검각주 윤평이 놀라움을 감추지 못했다.

무림인이라면 소림의 전력이라 불리는 소림십계승을 모르는 자가 없었다.

더군다나 원강 선사는 무림에서도 소림혈승이라는 별호로 명성을 떨치는 자였다.

무공으로도 명성이 높지만 소림의 승려임에도 불구하고 잔혹한 손속으로도 유명하니 더욱 알 수밖에 없었다.

"이런… 이렇게 귀하신 분들께서 소림을 방문하셨을 줄은 몰랐습니다. 빈도는 이곳 해검각주를 맡고 있는 도사 윤평이라고 합니다."

윤평이 포권을 취하며 말하자 원명 선사가 눈을 가늘게 떴다.

소림에서 방장을 대신해 항상 무림맹의 회동에 참석하는 것이 바로 원명 선사였다.

그렇기에 간간히 무림의 소식을 접하고 있던 그다.

'이 도시가 그 유명한 윤평이로구나.'

해검각주 도사 윤평.

그는 무당의 문지기이면서 무당장절이라 불리는 자였다.

과거 사파인 수십여 명이 무당을 습격한 사건이 있었다.

그 당시에 윤평이 해검지 안쪽으로 난입하려는 그들을 장법만으로 제압해서 명성을 떨쳤었다.

"무당장절이시군요. 만나 뵙게 되어 반갑습니다. 아미타불."

"부족한 빈도에게 붙은 별호입니다. 그냥 윤평 도사라 불러 주십시오."

"어찌 그런 겸손을, 허허허."

"서론은 이 정도로 해두지요. 그런데 소림의 선사님들께서 이렇게 많이 몰려서 무당에 오신 연유가 무엇입니까?"

윤평이 단도직입적인 질문에 원명 선사가 빙그레 웃으며 답했다.

"아미타불. 본의 아니게 오해를 샀군요."

"오해라기보다 도가의 성지에 불도를 닦으시는 선사님들이 오르신 전례가 없어서 그렇지요."

윤평의 뼈가 담긴 말에 원명 선사가 인상을 찌푸렸다.

좋은 분위기로 대화가 이어가나 싶었는데, 그것이 아닌 듯했다.

같은 정파인이기는 했으나 불가와 도가라는, 엄연히 다른 교리로 수양을 하는 이들이었다.

"오해를 사기 좋으니, 윤 도사님께 설명을 드려야겠군요."

어차피 해검지를 통과하려면 그들의 허가가 있어야만 했다.

강제로 지나치려 한다면 문파 간의 접촉이 되어 버린다.

원명 선사는 숭산의 초입에서 있었던 일을 설명하고, 흉수를 잡기 위해서 해검지를 지날 수 있게 양해를 부탁한다고 말했다.

"허어, 소림의 숭산 밑에서 그런 혈사가!"

원명 선사의 말을 들은 윤평 역시도 놀라움을 금치 못했다.

정도의 성지라 불리는 소림사의 입구에서 그런 혈사가 벌어지다니.

더군다나 마기를 가진 마인의 소행이라고 하니 더욱 놀라웠다.

'마인이 어찌 소림을 친단 말인가? 그것도 이상하구나.'

아무리 고절한 무위를 지닌 마인이라고 할지라도 혼자서 소림의 승려들을 죽이고 무당으로 도망 왔다는 것은 이해할 수 없었다.

"부디 흉수를 잡을 수 있게 해검지를 통과할 수 있게 부탁드립니다. 아미타불."

원명 선사가 정중하게 두 손을 모아 합장을 하며 숙였다.

본산 바로 앞에서 단 한 명의 마인에게 당한 치부마저 드러낸 것이니 충분히 양해할 수 있을 것이라 여겼다.

그러나.

"선사의 말씀을 들으니 사고를 당하신 선사님들께 애도를 표현하지 않을 수가 없군요."

"그리 말씀해 주시는 것만으로……."

"하나!"

"하나?"

"무당이 생긴 이래 어떠한 누구도 무구를 소지하고 무당산을 오를 수 없습니다."

무기를 소지할 수 없다는 말에 원명 선사를 비롯한 소림의 승려들이 난처함을 감추지 못했다.

그들은 대대적으로 흉수를 잡기 위해 곤봉을 비롯한 무구들을 챙겨왔다.

비록 다른 무구들에 비하면 살상력이 떨어진다고는 하나 무구는 무구였다.

"흠……."

무구를 놔두고 올라가는 것은 어려운 일이 아니었다.

단지 이 많은 객의 앞에서 소림의 위신이 꺾인다는 것이 문제였다.

그들의 대치 상황을 많은 이들이 지켜보고 있었다.

부들부들!

가만히 사태의 추이를 지켜보던 원강 선사의 얼굴이 상기되어 갔다.

'이러다 큰일이라도 나겠구나.'

원강 선사가 폭주라도 한다면 사태가 걷잡을 수 없게 된다.

"도사, 빈승도 해검지에서는 누구를 막론하고 무기를 맡겨야 한다는 걸 잘 알고 있습니다."

"그것뿐만이 아닙니다. 무기를 떠나서 이렇게 많은 소림의 선사님들이 흉수를 잡는답시고 무당산에서 활개 치게 허락할 수 없습니다."

"허어!"

원명 선사의 입에서 탄식이 흘러나왔다.

설마 단호하게 거절하리라 생각하진 못했다.

하지만 해검각주인 윤평의 입장에선 소림의 승려들이 흉수를 잡는다고 무당산 이곳저곳을 돌아다니는 것이 오히려 무당파의 위신에 꺾일 일이었다.

원명 선사가 굳어진 얼굴로 물었다.

"윤평 도사… 꼭 이렇게까지 해야겠소?"

"소림에서 벌어진 일이 애석하기는 하나, 무림에도 상호 간에 법도란 것이 있습니다. 무당에서도 소림에 방문한다면 그에 합당한 절차를 밟아야겠지요. 마찬가지로 저희 무당 역시도 그렇습니다."

어느 것 하나 반박하기 힘들었다.

아무리 같은 구파일방의 일원이면서 무림맹에 속해 있다고는 하나, 엄연히 서로가 단일 문파였다.

합당한 사유가 있다고 해도 무당의 영역을 소림에서 뒤지는 것 자체가 그들을 모욕하는 것이나 마찬가지였다.

"도사의 말씀이 옳습니다. 하지만……."

"잠깐, 사제."

"원, 원강 사형!"

더 설득해 보려는 원명 선사의 말을 끊고 원강 선사가 나섰다.

상기된 얼굴의 원강 선사가 나서자 윤평의 눈빛에 긴장이 서렸다.

소림에서 유일하게 혈승이라는 별호가 붙을 만큼 호전적인 자였다.

"소림의 원강이라 하외다. 본승은 무당의 위신을 꺾으려는 것이 아니오. 단지 말발굽 자국 흔적이 이곳 해검지까지 이어졌기에 그 확인만을……."

"잠시! 잠시만요! 선사의 말을 끊어서 죄송합니다만 대체 말발굽 자국이 어디 있다는 것이죠?"

윤평이 해검지의 주위를 가리키며 물었다.

이에 원강 선사를 비롯한 소림의 승려들이 당황스러워했다.

그도 그런 것이 이곳 해검지에 수많은 객들이 몰려 있는 데다가 이곳에만 하더라도 수십 필의 말이 있었다.

"이런……."

해검지까지 이어졌던 말발굽은 어느새 사람들의 발자국들에 가려져 그 흔적이 사라져 있었다. 이런 상황에서 흉수의 흔적이 이어졌다고 주장하기 힘들었다.

'이런 영악한 놈을 보았나.'

원명 선사가 허탈하다는 표정으로 원오 선사와 항마승들을 쳐다보았다.

흉수는 분명 이것을 노렸다.

나라에서 도교를 국교로 지정하고 진흥시키기 때문에 항상 객들이 끊이지 않는다.

이렇게 인파가 몰린 곳으로 말을 끌고 온다면 흔적을 지우기 쉬웠다.

'무공뿐만이 아니라 영악할 정도로 흉계가 깊다. 본인의 흔적을 지우는 것뿐만이 아니라 자칫 무당을 의심하게 만들 정도다. 분명 무당과 마찰을 시키려는 수작이겠지.'

원명 선사는 무당에서도 지장이라 불릴 만큼 지혜가 깊다.

그렇기에 소림 방장이 그를 대동시킨 것이기도 했다.

'그래도 흉수는 내가 이렇게 쉽게 자신의 흉계를 눈치챌 것이라 생각 못 했을 것이다. 지금 당장에 흉수를 잡을 수 없겠구나. 돌아가야…….'

쾅!

그때, 굉음과 함께 지진이라도 일어난 것처럼 바닥이 진동을 했다.

원명 선사의 미간의 골이 깊어졌다.

우려하던 사태가 결국 발발하고 만 것이었다.

"아아……."

얼굴이 시뻘겋게 달아오른 원강 선사가 바닥에 분노의 진각을 밟은 것이었다.

그의 무지막지한 내공 탓에 바닥에 커다란 구덩이가 패고 말았다.

소림이나 다른 장소에서 했다면 감정이 격해졌다고 하겠지만 문제는 이곳이 무당의 영역이었다.

"이게… 무슨 짓입니까? 선사!"

이미 해검각주 윤평의 뒤에 있던 도사들은 검을 뽑은 상태였다.

원강 선사의 거친 행동은 그들에게 이미 위협을 주었다.

"좋은 말로 하려 했건만 지금 흉수를 숨기려고 하는 것이냐!"

"사, 사형!"

원강 선사의 말에 원명 선사는 순간 아찔해졌다.

자신의 지혜로 적의 흉계에 넘어가지 않았다고 했건만 원강 선사는 이미 넘어간 상태였다.

상기된 얼굴에 이글이글 타오르는 눈빛이 분노에 차 있었다.

'이를 어찌하나. 만류할 수 있는 상태가 아니잖나!'

현 소림에서는 몇 가지 불문율이 있었다.

그중 하나가 살계승인 원강 선사를 자극시키지 말라는 것이었다.

불도를 닦는 승려임에도 불구하고 화를 다스리는 것에 유독 취약한 그였다.

"선사, 말이 심하시구려. 우리 무당을 모욕하는 것이오!"

해검각주인 윤평 역시도 눈빛이 매서워졌다.

무당을 찾은 객들이 많았다. 그런데도 저리 강경하게 나온다는 것은 무당과 일전이라도 벌이겠다는 걸로밖에 보이지 않았다.

"모욕? 아직 숭산 밑에 소림의 제자들의 피가 마르지 않았다. 그런데 감히 흉수를 보호하려 들어!"

말이 통하는 상대가 아니었다.

결국 윤평이 특단의 조치를 취했다.

"마지막 경고요. 지금 당장 선사들이 무당을 내려가지 않는다면 본 파와 일전을 벌이는 것이라 여기겠소."

팽팽한 대립에 무거워진 좌중의 공기.

지켜보는 객들이 숨을 죽이고 이를 바라보았다.

구파일방 중에서 가장 큰 세력을 자랑하는 두 정도의 대문파가 부딪칠 수 있는 상황이었다.

[사형, 화가 나신 것은 이해하지만 이것 흉수의 흉계입니다. 여기서 무당과 부딪치면 문파 간의 분쟁이 되어버립니다.]

원명 선사가 다급한 목소리로 그에게 전음을 보냈다.

그러나 원강 선사의 노기가 찬 얼굴에는 흔들림이 없었다.

"본 소림이 그걸 두려워하리라 여기는 것이냐! 흥!"

"헛?"

원강 선사가 그 말을 끝내자마자 동시에 권을 날렸다.

그것은 소림이 자랑하는 칠십이절예 중 하나인 백보신권.

순식간에 그의 권이 윤평의 얼굴의 정중앙으로 쇄도했으나 괜히 그의 별호가 무당장절이 아니었다.

파팍!

윤평의 태극선장이 부드럽게 태극을 그리며 원강 선사의 권을 튕겨냈다.

이미 서로가 일수를 겨루고 말았다.

원명 선사는 울 것 같은 눈빛으로 염주를 돌리며 속으로 경을 외었다.

'망할 사형 같으니… 아미타불, 아미타불.'

무당장절이라 불리는 해검각주 윤평의 무위가 비록 대단하다고는 하나, 소림사 최고의 고수라 불리는 원강 선사는 괴물과도 같았다.

윤평이 태극선장의 화려한 절기를 선보이며 장법을 펼쳤으나, 원강 선사는 그것을 우습기라도 한 듯 가볍게 막아냈다.

"무당의 장법도 별것 아니로군. 본승의 권도 막아보아랏!"

원강 선사의 일권은 그야말로 태산과도 같았다.

강기가 서린 그의 권이 폭풍처럼 몰아치는데 윤평은 피하기에 급급했다.

쾅쾅!

그의 권강이 닿은 곳은 여지없이 부서졌다.

주위에서 구경하던 객들이 백 보 바깥으로 물러나야 할 지경이었다.

'크윽! 이런 괴물 같은 자를 보았나.'

초절정의 끝에 이른 윤평이었지만 상대는 화경의 고수였다.

그 간극의 차는 분명했다.

태극선장은 상대의 공력을 흘려보내는 이화접목의 무공이

었지만 그것에도 한계가 있었다.

압도적인 내공이 실린 원강 선사의 권은 흘려보내는 것조차 힘들었다.

퍽!

"크헉!"

전력으로 신법을 펼치며 피했지만 결국 윤평의 복부로 원강 선사의 일권이 작렬했다.

그 순간, 윤평의 신형이 수십 보 밖으로 튕겨져 나갔다.

고작 일권이었지만 그것은 치명적이었다.

"쿨럭쿨럭!"

기침을 하는 윤평의 입에서 검은 선혈이 흘러내렸다.

내상이 심한지 그의 얼굴은 새하얗게 질려 있었다.

마무리라도 하려는 것인지 원강 선사가 그를 향해 걸어가려 했다.

그런 그의 앞을 원명 선사가 가로막았다.

"사형! 이쯤에서 그만하시지요."

다급히 만류하는 원명 선사의 목소리에 원강 선사가 발걸음을 멈췄다.

그런 그에게 원명 선사가 주위를 둘러보라는 시늉을 했다.

웅성웅성!

시끄러운 소리에 원강 선사는 문득 주위를 둘러보았다.

무당을 방문한 수많은 객의 시선이 그를 향하고 있었다.

그제야 분노에 휩싸였던 원강 선사가 이성을 되찾았다.

'…내가 무슨 짓을 저지른 거지?'

하지만 이미 사태는 걷잡을 수 없이 커져 있었다.

수많은 사람이 보는 앞에서 무당파의 해검각주를 쓰러뜨리고 말았다.

아주 보기 좋게 말이다.

"각주!"

무당의 젊은 도사들이 겨우겨우 몸을 지탱하는 윤평을 부축했다.

그들은 분노에 찬 눈빛으로 원강 선사를 비롯해 소림의 승려들을 노려보았다.

이에 십계승들과 항마승들은 차마 낯이 뜨거웠는지 눈을 마주치지 못했다.

참으로 난감한 상황이었다.

"허어, 이게 대체 무슨 일인가?"

웅성거리는 사람들의 틈을 가로질러 누군가 나타났다.

무당의 도복을 입은 흰 수염이 지긋한 노도사였다.

그의 등장에 젊은 도사들이 기다렸다는 듯이 외쳤다.

"조 사숙!"

그는 현 무당파의 장문인의 사제인 조우기였다,

무당파의 중급 제자들의 무공 교관으로 있는 그는 무림에서 무당검협이라 불릴 만큼 협객으로 명성이 드높은 자였다.

조우기는 무당의 입구라 불리는 해검지에서 벌어진 사태에 황당함을 금치 못했다.

수많은 객이 있는 앞에서 해검각을 맡고 있는 각주가 부상을 입었다.

“설명을 해보래도!”

“조 사숙! 소림의 승려들이 나타나 저희가 소림을 습격한 마인을 숨겼다고 주장하며 각주님을 공격했습니다.”

간략하게 정황을 잘 표현했지만 조우기의 입장으로는 도저히 이해가 가지 않았다.

갑자기 난데없이 무당파가 왜 마인을 숨긴단 말인가.

“그게 무슨 해괴한 소리느냐? 우리 무당이 왜 마인을 숨겨?”

“숭산에서 소림의 승려들을 살해한 마인을 추적하다 이곳까지 왔다고 하는데. 계속해서 그 마인이 해검지를 지났다고…….”

“뭘 어떻게 추적을 했기에 해검지를 지났다는 게야?”

“말발굽을 따라왔답니다.”

“아니, 무슨 말발굽을 따라와? 그렇지 않아도 본 당으로 오르는 길목에 웬 말 한 마리가 있어서? 응? 설마…….”

"네?"

조우기가 눈을 동그랗게 뜨고 손가락으로 사람들이 몰려 있는 뒤편을 가리켰다.

그러자 사람들이 좌우로 갈라지며 그가 가리킨 곳을 쳐다보았다.

조우기의 등장에만 신경 쓴다고 미처 몰랐는데, 그 뒤편에는 갈색 말 한 마리가 멀뚱히 서 있었다.

그 말은 조우기가 본 당에서 내려오면서 발견한 말이었다.

안장이 있는데 주인도 없이 풀을 뜯고 있기에 데리고 내려온 것이었다.

"허어, 아미타불."

원명 선사의 예측대로였다.

결국 흉수는 어딘가로 사라졌고 말만 이곳 해검지를 지나쳐 올라간 것이다.

참으로 영악한 꾀라고 할 수 있었다.

"아……."

이제야 정황을 파악한 원강 선사는 이 상황에 어쩔 줄 몰라 했다.

멍청하게 적의 꾐에 넘어간 것이었다.

'사제의 말을 들었어야 했는데. 원강아, 원강아. 그리 사부님께서 욱하는 성질을 죽이라고 했는데.'

아무리 화를 참지 못하고 호전적인 성향의 원강 선사였지만 스스로의 잘못을 인정하지 않는 자는 아니었다.

"아미타불, 본승이 아무래도 실수를 한 것 같소."

합장을 하며 고개를 숙였지만 무당의 도사들이 쉽게 받아들일 리가 없었다.

젊은 도사 중 하나가 얼굴이 상기되어 소리쳤다.

"말도 안 되는 소리 하지 마시오! 무당으로 멋대로 들어와서 해검지를 쑥대밭으로 만들어놓고 실수라고 말 한마디 하면 끝이라고 생각하오!"

무림의 배분으로 볼 때 젊은 도사의 태도는 당찼지만 충분히 화를 낼 만도 했다.

사고를 친 원강 선사의 입장에서는 입이 열 개라도 할 말이 없었다.

소림의 승려들이 난처해하는 상황 속에서 조우기가 나섰다.

"빈도는 무당의 조우기라 하오."

"아… 무당검협이시군요. 빈승은 소림의 원명이라고 합니다."

망연자실하게 서 있는 원강 선사를 대신해 원명 선사가 나섰다.

원명 선사 역시도 미안한 마음에 차마 조우기의 눈을 똑바로 쳐다볼 수 없었다.

그런 원명 선사에게 조우기가 단도직입적으로 말했다.

"원명 선사, 상황이 이리 된 것이 참으로 애석하오. 상호 간에 오해가 있었다고는 하나, 이 사태를 쉬이 넘길 수 없구려."

"…입이 열 개라도 변명할 여지가 없군요. 저희가 어찌해 드리면 좋겠습니까?"

"그대들의 오해로 인해 이 많은 객들 앞에서 무당이 망신을 당했소. 공식적으로 소림에서 합당한 조치를 취해야 할 것은 당연하거니와 가해자인 저기……."

"원강 선사입니다."

"소림혈승? 허어……."

조우기의 입에서 탄식이 흘러나왔다.

소림 최고의 고수이자, 악을 멸하는 살계승인 원강 선사의 이름을 모를 리가 없었다.

소림혈승이라 불릴 만큼 손속이 매섭고 적을 상대함에 있어서 자비가 없기로 알려진 원명 선사였다.

'그런 자를 상대했으니 해검각주가 당해낼 리가 없지.'

소림의 최고 고수와 겨뤄서 진 것이니 부끄러울 것은 없었다.

해검각주로서 본인의 소임을 다한 것이기도 하니 말이다.

'이것 참 난감하구나.'

사실 원강 선사의 이름을 알기 전에는 그의 팔을 받아내려

했던 조우기였다.

하지만 소림의 최고수의 팔을 달라는 것은 그 전력의 소실을 의미했다.

아무리 무당의 위신을 깎았다고 하나 그것을 소림에서 받아들일 리가 만무했다.

'자숙을 요청할 수밖에 없겠군.'

잠시 고민을 하던 조우기가 결정했다.

그러나 다음에 일어난 사태에 조우기는 경악을 금치 못했다.

원강 선사가 쓰러져 있는 윤평에게 합장을 하며 고개를 한 번 숙이더니, 왼손으로 강기를 일으켜 자신의 오른팔을 베어버렸다.

촤악! 툭!

소림 최고수인 원강 선사의 팔이 땅바닥에 떨어졌다.

깨끗하게 베인 팔에서 피가 뿜어져 나왔다.

"워, 원강 사형!"

"크윽… 호들갑 떨지 말게, 사제."

갑작스럽게 벌어진 일에 당황스러워하던 원오 선사가 얼른 자신이 걸치고 있던 가사를 찢어 그의 상처 부위를 지혈시켰다.

"이, 이게 무슨 짓이오?"

당황스러워하는 조우기를 향해 원강 선사가 하얗게 질린 얼굴로 입을 열었다.

"본승이 저지른 일에 대한 대가를 치른 것이오."

"그, 그렇다고 하나……."

"많은 사람들 앞에서 무당의 위신을 무너뜨렸으니, 그것을 대신하기에 본승의 오른팔이면 모자람이 없다 보오."

참으로 난감하기 그지없었다.

모자람이 없다 못해 오히려 과하게 받은 셈이었다.

소림 최고 고수의 팔의 값어치를 어찌 매길 수 있겠는가.

말문을 잃고 한참을 망연자실하게 원강 선사의 팔을 쳐다보던 조우기가 입을 뗐다.

"되로 주고 말로 받은 셈이구려. 이것으로 무당과 소림의 오해는 정리되었소. 하나."

"하나?"

"소림이 자랑하는 살계승의 팔을 받고 어찌 그냥 넘어갈 수 있겠소."

"그렇다면 어쩌겠다는 말이오?"

"우리 무당에서도 소림에서 혈사를 벌였다는 그 흉수를 잡는 걸 돕도록 하겠소."

"아미타불!"

조우기가 소림의 승려들을 향해 포권을 취하며 말하자, 그들 역시도 합장을 취하며 경을 외었다.

그렇게 소림과 무당 전체의 충돌로 벌어지려 했던 사태가 수습이 되었다.

원강 선사의 팔을 잃은 것은 소림으로서 상당한 타격이라 할 수 있으나, 오해로 벌어진 일이 양 문파의 분쟁으로 이어지는 것보다는 나았다.

*　　　*　　　*

호남성의 서북부에는 중원에서도 선경이 불리는 장가계가 있다.

깊은 협곡과 기이한 형태로 우뚝 솟은 봉우리들로 이루어진 장가계는 그 산세가 웅장하고 아름다워 마치 신선들의 세계를 보는 것만 같았다.

한데 이런 무릉도원과도 같은 장가계에는 숨겨진 비밀이 있었다.

워낙 기이한 형태의 산세로 인해 자칫 길을 잃기 십상인 이곳에 마교의 안가가 숨겨져 있었다.

그런 마교의 안가의 규모는 생각보다 컸다.

교묘하게 가려진 봉우리들 사이로 넓은 터가 있었는데, 그곳에 수많은 산채가 빼곡하게 자리 잡고 있었다.

특이한 것은 대부분의 산채들이 급조해서 지었는지 삐뚤빼뚤 모양이 제각각이었다.

그러나 산채들 사이에서 가장 양지바른 곳에 있는 산채는 제법 모양이 잘 잡혀져 있었다.

그 산채 안에서 묘한 신음성이 흘러나왔다.

"흐으음."

신음성을 내고 있는 자는 산채 내에 있는 침상에 앉은 사내였다.

중년으로 보이는 사내는 상의를 탈의하고 있었는데, 온몸엔 흉터로 가득했다.

게다가 고루 잘 잡힌 근육을 가진 사내의 온몸에 긴 장침이 빼곡히 꽂혀 있었다.

뽁!

"으음."

침을 뽑을 때마다 중년인은 오만상을 찌푸렸다.

매번 겪는 것이지만 아팠다.

"켈켈, 금방 뽑을 터이니 조금만 참으시오."

"크흠, 빨리 뽑게나."

중년의 사내의 몸에 침을 빼는 노인은 가래가 섞인 독특한 웃음소리를 내고 있었다.

검은 안대를 쓴 외눈의 노인은 다름 아닌 괴의 사타였다.

천마의 명에 어딘가로 향했던 사타가 바로 마교의 안가에 있었다.

"후우."

침을 다 뽑고 나니 살 것 같은지 중년의 사내가 기지개를 펴며 일어났다.

특이하게도 그의 양팔은 손가락을 비롯해 피부의 색까지 전부 제각기 달랐다.

중년의 사내 역시도 매번 자신의 양팔을 볼 때마다 묘한 이질감을 느꼈다.

불끈!

주먹을 쥐고 운기를 해보았다.

내공이 전신의 경맥을 타고 흐르며 온몸을 순환하기 시작했다.

그러자 중년의 사내의 몸에서 검은 아지랑이가 피어오르며 마기가 사방으로 뻗어나갔다.

"그만! 그만하시오!"

괴의 사타가 숨 막힐 것 같은 마기에 견딜 수가 없는지 중년의 사내를 만류했다.

그러자 언제 그랬냐는 듯이 사내의 몸에서 뿜어져 나오던 마기가 멎었다.

"교주, 제발 이 노부가 있을 때는 그 시커먼 기운을 뿜어내지 마시오."

"허허허, 본좌가 괴의 선생은 곤란하게 했구려."

스스로를 본좌라 칭하는 중년인. 짙은 눈썹에 날카로운 눈매, 그리고 위엄이 넘치는 인상을 지닌 그는 세간에 내분으로 죽었다고 알려진 마교의 교주 천염극이었다.

『천마님, 부활하셨도다』 5권에 계속…